Michael Engel
Tod in Linz
Kriminalroman

Michael Engel, geboren 1961, hat an der Universität Wien Psychologie und Philosophie studiert sowie an der Technischen Universität Wien Technische Mathematik. Er hat schon mehr als zehn Bücher zu den Themen Logik, Rätsel, Spiele bei diversen Verlagen veröffentlicht. „Tod in Linz" ist sein erster Kriminalroman.

Michael Engel

Tod in Linz

Kriminalroman

federfrei
www.federfrei.at

Marchtrenk, 2011
www.federfrei.at

Umschlagabbildung: © GermanGuy, Fotolia
Lektorat: S. Bähr
Satz und Layout: Verlag Federfrei
Druck und Bindung: Finidr s.r.o., Tschechische Republik

ISBN 978-3-902784-06-3

Für meine Kinder, Philipp und Judith,
die mich seit ihrer Geburt Tag für Tag
mit Freude und Stolz erfüllen.

Alles wiederholt sich nur im Leben,
ewig jung ist nur die Phantasie;
was sich nie und nirgends hat begeben,
das allein veraltet nie!

(aus: Schiller - An die Freunde)

1

»Feder? Wieso heißt Ihr Klub ›Feder‹?«, fragte die freundliche, berufsmäßig lächelnde, immer gemäß ihrer Ausbildung auf Sympathiewirkung achtende Stewardess.

»Darf ich das beantworten?« Ein etwa vierzigjähriger, leicht untersetzter Mann in grauem Anzug trat aus der Gruppe Erwachsener, aus der kleinen Ansammlung von ruhigen, gleichgültig wirkenden und doch an allem interessierten Personen hervor. »Genau genommen heißt unser Klub ›Pen‹, das englische Wort für ›Feder‹. Wir sind Schriftsteller, und die Feder war unser Werkzeug, unsere Waffe, nach und nach ersetzt durch Kugelschreiber, Schreibmaschine und schließlich PC.«

Die eben angekommene Gruppe trat aus dem Flughafengebäude. So unterschiedlich die Personen auch waren, männlich, weiblich, groß, klein, jünger, älter, schlank oder dick, Brillenträger und Brillenlose, hatten sie doch in ihrer Ausstrahlung, ihrem Auftreten, ihrer Erscheinung etwas gemeinsam, das sie unverkennbar eine Zusammengehörigkeit signalisieren ließ.

»Sie werden es nicht glauben Herr Schermayr, aber ich bin das erste Mal in meinem Leben in Linz!«, meinte ein graumelierter Herr mit kleinem Schnurrbart zu einem blonden Kollegen. »Da haben Sie aber Glück, dass genau dieses Jahr unser Kongress und das anschließende Literary Festival in Linz stattfinden, Herr Kollege Bracha, denn heuer ist Linz Kulturhauptstadt Europas. Sie werden also nicht nur eine Industriestadt kennen lernen, sondern eine moderne, vielseitige Metropole, die ihre Lebendigkeit und Vielfalt bewusst präsentiert.«

Während der Busfahrt unterhielten sich die Mitglieder des weltweiten Autorenverbandes großartig, kannten sie einander doch meist bereits recht lange, oft über ein Jahrzehnt. Im Hintergrund hörten sie aus dem Radio des Busfahrers, des Lenkers des gemieteten Autobusses, in den Tagesnachrichten über das bevorstehende Leichtathletikmeeting im Linzer Gugl-Stadion, über einen Ölfund am Stadtrand bei einem geplanten Kinderspielplatz und über die Nobelpreisnominierung des Welser Elektrotechnikers Markus Höfler, der an der Linzer Universität einen Lehrauftrag am Institut für Mechatronik hatte. Nach den Nachrichten stellte der Moderator das Mittagsrätsel des Senders: Warum fährt ein Einwohner von New York täglich mit dem Lift in der Früh vom 44. Stockwerk des Wolkenkratzers hinunter und abends, wenn er von der Arbeit heimkommt, allerdings nur bis zum 27. Stockwerk und geht den Rest zu Fuß? Auflösung übermorgen.

Nach kurzer Fahrt stoppte der Wagen bei ihrem Hotel, und das intellektuelle Ensemble wurde von der Mitorganisatorin des Treffens, Frau Roswitha, einer ganz und gar nicht unhübschen, sehr aparten Dame, die durch ihre Natürlichkeit, ihre Ungekünsteltheit, ihre Offenheit sofort in der Lage war, alle Herzen zu erobern, liebenswürdig empfangen. Sie besaß die Eigenschaft, die man oft bei guten Kellnern, bei Geschäftsbesitzern, bei erfolgreichen Menschen im Allgemeinen beobachten konnte, nämlich dass sie mit jedermann sprechen konnte. Sie war in der Lage, mit einem Universitätsprofessor ebenso kurzweilige Gespräche zu führen wie mit dem einfachsten Hilfsarbeiter, konnte sich auf jedes Niveau einstellen, sich zurücknehmen, Verständnis zeigen.

Elisabeth Riedl, erst seit ein paar Jahren Mitglied bei Pen, wusste sofort, erkannte unmittelbar, nahm unbewusst und gleichzeitig mit allen Sinnen wahr, dass sie in den nächsten Tagen sehr auf ihr Äußeres achten musste, oft ihr elegant-bezauberndes Lächeln einsetzen sollte, wollte sie mit dem natürlichen Charme, der ländlichen Anmut Roswithas, die jetzt die Rolle der Ansprechpartnerin und Reiseleiterin ihrer Gruppe vor Ort innehatte, mithalten. Sie sah sie keineswegs als Konkurrentin, als Gegnerin, in welchem Belang auch, doch ein natürlicher Trieb, ein dem Mensch innewohnendes Verlangen nach Anerkennung, nach Aufmerksamkeit war in ihr stärker entwickelt als bei anderen. Lag es daran, dass sie aus Wien stammte, daran, dass sie als Kind zu wenig Beachtung bekam, vielleicht weil sie sich in ihrer großen Familie mit Ehemann und vier Kindern als Arbeitstier vorkam, als ungedanktes »Mädchen für alles«.

Frau Roswitha verteilte die Zimmerschlüssel und hatte dabei für jeden nette Worte wie »Schönen Aufenthalt«, »Willkommen in Linz«, »Angenehme Zeit« etc. parat, so dass sich jeder Teilnehmer persönlich angesprochen, sich jeder als Individuum fühlte. Trotz ihrer Toleranz, ihrer Lebenserfahrung, ihrer hohen Akzeptanzbereitschaft, was die Eigenarten von Menschen angeht, hätte sie sich doch gewundert, wenn sie in die einzelnen Zimmer hätte sehen können.

Während die meisten Teilnehmer ihre Kleidung ablegten, mehr oder weniger ordentlich auf den Sessel deponierten, sich entweder unter die Dusche begaben oder nackt aufs Bett legten, war das Verhalten zweier Damen und dreier Herren ungewöhnlich, mutete seltsam an, war irgendwie grotesk.

Frau Karin Winter, bekannte Autorin schwarzer Krimis und Horrorgeschichten, deren Werke lange keinen Verlag fanden, was nicht an ihrem Stil oder an der Spannung der Geschichten lag, sondern an den unvorstellbaren Grausamkeiten, den gruseligen Gedankengängen ihrer Storys, nahm aus ihrem Koffer mehrere Blech- und Plastikdosen, öffnete diese und entnahm ihnen große Mengen von selbstgebackenen Keksen, Weihnachtsbäckereien mitten im Sommer, verteilte sie in kleine Säckchen und sang lächelnd einen Titel von Ludwig Hirsch: »Komm, großer, schwarzer Vogel«.

Frau Riedl, Autorin von Ärzteromanen – ihr letzter »Der Ohrenarzt und die Drogendealerin« wurde beinahe ein Bestseller, was wieder einmal zeigte, dass auch in der Mittelschicht sehr viel gelesen wurde, und wenn es auf die Verkaufszahlen, auf die Interessen des Verlages, die monetären Absichten eines Autors ankam, ein seichteres Werk einem intellektuellen Stoff vorzuziehen ist – gab zwanzig Kopien eines Briefes in zwanzig beschriftete Kuverts, an zwanzig verschiedene Kongressteilnehmer adressiert. Auch an sie selbst war eines gerichtet. Sie würde diese einfach unbemerkt an die Rezeption des Hotels legen, sparte so das Porto und war sicher, dass jeder Kollege eines erhielt.

Auf dem Papier war zu lesen: »Bitte senden Sie dieses Kuvert an PA 4010 Linz, postlagernd ›Gärtner‹. Sollten Sie der Meinung sein, dass sich – wenn ich Ihre Antwort lese – rechts unten in dem leeren Kreis auf diesem Blatt kein Kreuz befinden wird, so machen Sie jetzt bitte eines hinein. Sind Sie der Meinung, es wird dort eines sein, machen Sie bitte keines hinein.

PS: Falls Sie sich irren, werden Sie sterben, falls Sie sich aber weigern, mir zu antworten, werde ich dafür Sorge tragen, dass Sie qualvoll aus dieser Welt scheiden werden!«

Sie kannte das Postamt in der Domgasse 1 von einem früheren Aufenthalt und war der Meinung, es lag günstig, um etwaige Antworten en passant abholen zu können.

Herr Schermayr andererseits packte einen Stapel original verpackter Bücher aus, legte sie in Kreuzform auf den Tisch, achtete dabei aber darauf, dass es sich um ein exakt symmetrisches Kreuz handelte, eines im Gegensatz zum Christuskreuz mit vier gleich langen Enden. Dann nahm er ein Schweizer Offiziersmesser, das mit seinen Initialen, »C« und »S«, verziert war, um die Umhüllungen zu öffnen, während ein mystischer Singsang, eine geheimnisvolle Silbenfolge aus seinem trotz blonden Bartes immer noch kindlich-freundlichen, unschuldig-lieblichen Gesicht sein Hotelzimmer und alles, was darinnen war, zum Vibrieren brachte. Er prüfte die Schärfe des Messers, indem er die Klinge an seinen Daumenballen drückte, tat dies zu fest, gerade eine Spur zu vehement, so dass er sofort zu bluten begann. Er erinnerte sich, dass sein Onkel Michael, ehemaliger Spielkamerad, Gesprächspartner und Freund, der ihn bereits im Kinderwagen schob, einst erklärte, dass man die Schärfe am Nagel testete, nicht auf der Haut. Lächelnd trocknete er das Blut mit einem sauberen Tuch und legte das Messer beiseite.

Alexander Wolf, ein Undergroundschriftsteller, von den Kollegen wegen seines oberflächlich wohl abstoßenden, auf den ersten Blick schwierig wirkenden Verhaltens etwas gemieden, von seinen Freunden hingegen wegen seiner Herzensbildung, seiner menschlichen Reife und seines Zuhörvermögens äußerst geschätzter Gesellschafter, legte Handschellen, Schlagstöcke und Seile fein säuberlich auf den Tisch, bevor er sich auszog. Dann absolvierte er einhundert Liegestützen und achtzig Sit-ups. Anschließend zog er sich Boxhandschuhe an und schlug mit seinen Fäusten in die Mauer, die den Wohnschlafraum vom Bad trennte. Mit fernöstlichen Schreien begleitend, trat und schlug er in die Wand, bis ihm nach etwa zwanzig Minuten der Schweiß am ganzen Körper stand. Glücklich lächelnd, wissend, eine Aufgabe erfüllt zu haben, gut gemacht zu haben, selbstzufrieden hinkte er mit schmerzenden Füßen zur Duschkabine.

Konrad Bracha wiederum, der unbedingt ein Zimmer mit großem Kühlschrank wollte, entnahm seinem Koffer ein Gefäß, genauer, eine Plastikschale, eine oben offene Kunststoffbox, die im Grundriss rechteckig war, etwa dreißig mal fünfzig Zentimeter und eine Höhe von zwanzig Zentimetern aufwies. Bevor er sie mit Wasser füllte, legte er ein schief abgeschnittenes Stück Styropor hinein und stellte sie dann vorsichtig, um nichts zu verschütten, in das Gefrierfach des Eiskastens. Es entstand dadurch offensichtlich ein Rieseneiswürfel, aber eben nicht in Würfelform, sondern ein gefrorenes, schief abgeschnittenes, vierseitiges Prisma. Dann packte er den restlichen Inhalt des Koffers aus und blickte aus dem Fenster. Entfernt sah er ein gelbes Haus, von dem man sicher einen schönen Blick über Linz hatte.

»Schade!«, seufzte er. »Das erste Mal in Linz und nicht mal Gelegenheit, zu dem gelben Haus zu gehen. Dabei hätte man von dort sicher einen – wie Franzosen sagen – ›Belle vue‹!«

2

Nicht weit vom Hotel entfernt, auf dem Dachboden eines alten Hauses, eines Gebäudes, das wohl hergerichtet, einigermaßen in Schuss gehalten war, dem man aber auch ansah, dass es bessere Zeiten gekannt hatte, seine Blütezeit lange vorbei war, erklärte Markus Höfler seinem Freund Arnold bei dämmerungsbedingt eingeschaltetem, künstlichen Licht seine neueste Theorie.

»Wirklich schade, dass du dich dem Sport gewidmet hast – wie viele Jahre sind jetzt seit unserem Physikstudium vergangen, etwa zehn, schätze ich. Na, egal. Also, du erinnerst dich, dass der oberösterreichische Wissenschafter Anton Zeilinger 1999 ein Lichtteil beamen konnte, das heißt, ohne Zeitverlust von einem Ort an eine andere Stelle transferieren konnte. Ich habe seine Arbeiten an der Universität Innsbruck und später jene an der Uni Wien sehr genau studiert, und du weißt ja, dass ich seit unserer Studienzeit versuche, Einstein zu widerlegen!«

»Du meinst, seine Behauptung, dass es nichts Schnelleres als Licht geben kann«, bemerkte der Gast, der Freund, dessen muskelbepackter Körper signalisierte, dass er seine Zeit nicht bei Berechnungen am Schreibtisch, bei Reagenzgläsern in Laboren, nicht vor den Monitoren von Computern verbrachte, sondern in Turnsälen, Sporthallen und Stadien.

»Genau, und ich glaube, es ist mir gelungen. Ich habe einen Stoff entdeckt, der auf Licht genauso reagiert wie Kork auf Wasser. Ein Lichtstrahl, den ich auf ihn richte, befördert diesen in einer Weise, wie ein Wasserstrahl auf eine Korkkugel wirkt. Aber das Beste ist, der Körper beschleunigt auch noch, das heißt, er erreicht Überlichtgeschwindigkeit.«

Fassungslos und regungslos, unfähig jedweder Reaktion saß sein Zuhörer in dem bequemen Fauteuil und lauschte den Worten seines ehemaligen Kommilitonen, seines besten Freundes.

»Aber das bedeutet ja, wir können einen Lichtpunkt wegschicken und er kommt am Ziel früher an, als er am Startpunkt abgesendet wurde!«, brachte Arnold schließlich heraus und bestätigte damit sein Verständnis der Forschungsergebnisse.

»Ja, es ist aber noch viel mehr drin! Ich kann nicht nur einen Lichtpunkt, sondern beliebige Materie, ja vielleicht sogar Menschen rückwärts in die Zeit schicken. Wenn ich die Frequenz so ändere, dass alle Schwingungen im Graphen, die über der x-Achse liegen, an ihr gespiegelt werden und alle negativen Werte positiv werden, also kurz gesagt, wenn ich einfach alle Vorzeichen der erzeugenden Funktion konsequent ändere, dann kann ich Materie in der Zeit vorwärtsschicken!

Aber, was jetzt so einfach klingt, ist nicht ganz so leicht, denn, damit diese Masse nicht irgendwo im Weltall landet, muss man genau berechnen, wo sich die Erde auf ihrer elliptischen Bahn um die Sonne gerade aufgehalten hat oder eben befinden wird, wenn der gewünschte Zeitpunkt stattfindet.«

»Aha, ich verstehe – wenn du mich also nur ein paar Momente, einige Minuten in der Zeit reisen lassen willst, werde ich vermutlich nicht in diesem Zimmer landen, sondern außerhalb des Hauses, da sich die Erde ein Stück weiterbewegt hat. Falls es sich aber um Tage handelt, bin ich gar nicht mehr auf der Erde, sondern im Nirgendwo des unendlichen Weltalls.«

»Exakt. Man muss also die Visiereinrichtung dieses Gerätes …« Markus Höfler deckte eine große, in der Zimmerecke stehende Maschine ab, die an Science-Fiction-Filme erinnerte, »… genau auf diesen Punkt der Erdbahn richten, an dem sich zum bestimmten Zeitpunkt unser Planet befinden wird. Wir kennen die exakte Bahn, wir wissen die Geschwindigkeit, mit der sich die Erde durch das All bewegt, alles kein Problem. Vorausgesetzt, wir verrechnen uns nicht.«

»Das ist hochinteressant, morgen sprechen wir weiter – jetzt muss ich gehen, ich muss beizeiten schlafen, weil ich täglich früh auf muss, um zu trainieren, du weißt ja, nächste Woche sind hier im Stadion, auf der Gugl, Wettkämpfe, und ich trete bei allen Läufen an. Die Sportkollegen lächeln ohnedies schon etwas, weil ich ja mit meinen dreißig Jahren nicht mehr der Jüngste bin. Also, wir sprechen morgen Abend weiter!«

Markus brachte seinen Gefährten zur Tür und ging wieder zu seiner Arbeit. Während er sich in dem Teil des Dachbodens, der ihm als chemisches Labor, als chemische Werkstätte diente, in dem er nicht nur den Stoff entwickelt hatte, der mittels Lichtstrahl bewegbar war, sondern in dem er auch stets an Verbesserungen wie Dehnbarkeit, diversen Größen, Farben und Gewicht herumexperimentierte, sich mit der Herstellung von Hüllen beschäftigte, grübelte er nach, notierte er Gedankengänge betreffend der genauen Berechnung der Lage der Stadt Linz.

»Am besten ist wohl, exakt den genauen Platz zu treffen, an dem man sich auch am Anfang der Reise befand«, dachte er laut.

Er nahm ein Buch über das alte Linz zur Hand, das er in der Stadtbücherei im Wissensturm, im unteren Geschoss des modernen Baues nahe dem Bahnhof ausgeborgt hatte und suchte Bilder von Häusern, die seit langer Zeit standen und deren Fotos mit jenen vom Jahr 2009 vom Aussehen her ident waren.

Das Läuten des Telefons riss ihn aus seinen Überlegungen, störte seine Gedankengänge, irritierte ihn für einen Moment, holte ihn in das Jetzt zurück.

»Ja!«, meldete er sich kurz. »Hallo Markus, Gerald spricht!«

Gerald Witwar war am Apparat, ein guter Freund, Chef der örtlichen Kriminalpolizei.

»Ich muss unser morgiges Treffen leider absagen, am Nachmittag findet eine Demonstration beim Wasserwald statt, alle Beamten haben Dienst zu schieben!«

»Weswegen wird denn jetzt schon wieder demonstriert?«

»Ja, dieses Erholungsgebiet soll gesperrt werden, weil Öl gefunden wurde, das will man jetzt fördern, wodurch aber der Wald für immer zerstört wird!«

»Also, wenn ich Zeit hätte, oder besser: Wenn ich mir Zeit nehmen würde und nicht so an meinen Forschungen hinge, würde ich mitdemonstrieren!«

»Ja, ja, ich verstehe dich!«, antwortete Polizeimajor Witwar. »Also, wir sehen einander demnächst einmal!«

Nachdem beide aufgelegt hatten, überlegte Markus, wie viele Verbrechen doch aufgeklärt werden könnten, wenn seine Zeitmaschine funktionieren würde. Der Major würde staunen. Man müsste einfach nur zu dem Moment der Untat reisen und den Dieb, Räuber oder Mörder bei seiner Tat beobachten – man würde zurückreisen und ihn festnehmen. Man könnte den Täter sogar dabei fotografieren.

Doch je mehr er darüber nachdachte, desto mehr sah er die Unmöglichkeit des Verfahrens. Denn besser als den Täter nur zu beobachten, Augenzeuge zu sein, wäre es natürlich, die Tat zu vereiteln, die Zeitmaschine zu benützen, um kurz vor dem kriminellen Delikt das Opfer zu warnen. Doch dadurch würde man natürlich die Zukunft verändern, die Zukunft, die jetzt bereits Vergangenheit war. Konsequenzen würden daraus folgen, die niemand voraussagen konnte.

Im Falle eines Mordes würde das eine Opfer entkommen, aber falls es sich um einen Triebtäter handelte, eben ein anderer Mensch umgebracht werden. Dann müsste man wieder zurückreisen, diesen retten und so weiter. Für ihn stand fest, man durfte auf keinen Fall auf irgendwelche sich bereits zugetragenen Geschehnisse Einfluss nehmen oder in Handlungsabläufe der Vergangenheit eingreifen.

3

Nach und nach tauchten die Autoren im Speisesaal auf, um sich bei einem üppigen Buffet zu treffen. Allen schien es gut zu schmecken, jeder delektierte sich an den Künsten des Kochs.

Elisabeth Riedl regte sich über die Uhrzeit auf: »Diese vielen leckeren Sachen, die sollte man zwischen 13 und 14 Uhr essen, aber nicht jetzt nach zwanzig Uhr, das schafft das Verdauungssystem ja nie. Schade, dass ich solchen Hunger habe, und wie gut das aussieht und duftet!« Flugs stand sie auf und holte sich noch einen voll gefüllten Teller mit diversen Köstlichkeiten!

»Sie können ruhig noch ein viertes Mal zum Buffet gehen, bei uns zählt niemand mit!« Dieser Scherz kam aus dem Mund von Christian Schermayr, der trotz seiner Jugend als Intellektueller anerkannt wurde und immer wieder durch gute Pointen, Sprachwitz, seine Schlagfertigkeit auffiel und die Runde unterhielt.

»Morgen werde ich mir im Europagarten, der im Botanischen Garten liegt, die Nationalpflanzen der 27 EU-Mitgliedsstaaten ansehen. Und ich werde Frau Roswitha fragen, ob sie mich begleitet!«

Alex Wolf schwärmte offensichtlich für die sympathische Reiseleiterin. Da der große, drahtige Mann mit dem Dreitagebart und der hohen Stirne gerne das Wissen der anderen testete und es liebte, seine eigene Bildung zu demonstrieren, sich immer wieder genötigt sah, mit seiner Beschlagenheit anzugeben, fragte er die Runde: »Na, welche Blume steht denn für Österreich?«

»Das ist leicht«, antwortete Bracha mit halbvollem Mund, schluckte schnell das schlecht gekaute Stück Hirschschnitzel und meinte: »Vermutlich jene Blume, die auf der Ein-Schilling-Münze abgebildet war und seit 2001 auf der 10-Cent-Münze zu sehen ist, das Edelweiß!«

»Bravo!« Alex sparte nie mit Lob, er mochte gebildete Menschen.

Schermayr meldete sich zu Wort: »Jetzt habe ich eine Frage an Kollegin Winter, unsere Kriminalautorin! Man sagt immer, es gibt keinen perfekten Mord, können Sie sich trotzdem vorstellen, wie so etwas aussehen könnte?«

Karin Winter, die durch ihr dichtes, rotbraunes Haar und ihre anscheinend ewig jungen Gesichtszüge trotz ihrer vierzig Jahre an eine Studentin erinnerte, überlegte kurz. Oft hatte sie schon nachgedacht, hatte sie geplant, eine plausible Geschichte über ein unaufklärbares Gewaltverbrechen zu schreiben, nur fehlte es ihr bis jetzt an Ideen.

»Nun, der Mord dürfte einfach nicht als solcher zu erkennen sein. Der perfekte Mord existiert nur für den Täter, sobald irgend jemand anderer weiß, dass der Tod eines bestimmten Menschen durch Fremdeinwirkung stattgefunden hat, ist er meiner Meinung nach nicht perfekt.«

Christian Schermayr erwiderte: »Ich verstehe, was Sie meinen, Frau Karin, aber genau das wäre das Reizvolle, einen Mord zu begehen, jeder weiß, es ist ein Mord, aber es ist kein Motiv zu finden, keine Spur vom Täter, nichts, nur die Leiche, und die genialsten Polizisten, Ermittler und Analytiker haben keinen blassen Schimmer, was vor sich gegangen ist.«

»Dazu gibt es Auftragskiller!«, warf Bracha ein. »Der Hintermann hat ein Alibi, der Mörder wird mit dem Opfer in keinen Zusammenhang gebracht!«

»Ja, aber doch wird immer ein Verdacht auf dem Nutznießer haften«, entgegnete Winter. »Nehmen wir als Beispiel Sie, Herr Bracha, haben Sie viel zu vererben, wer wird das alles bekommen, die Tantiemen Ihrer Bücher, Ihr Haus? Wer hat noch einen Vorteil von Ihrem Tod, leben Sie im Streit mit Familienmitgliedern, haben Sie eine Beteiligung an etwas Wertvollem, das Sie nicht veräußern wollen? Es gibt viele Gründe, jemanden umzubringen, und die Aufgabe der ermittelnden Behörde ist nicht immer leicht!«

Nach ein paar Nachspeisen, ein paar Stück Kuchen, einigen Portionen Vanillecreme gingen die Schriftsteller auf ihre Zimmer. Unabhängig voneinander schalteten sie in ihren Zimmern die Klimaanlagen ab, stoppten die elektrischen Kühlungen und gleichzeitig damit das brummende Geräusch, das ununterbrochene Surren, öffneten die Fenster und gingen nach wenigen Minuten schlafen.

4

Am nächsten Morgen ging Höfler in den nahen Supermarkt, um ein paar Fertiggerichte zu besorgen. Bei all dem Aufwand, den er für seine wissenschaftlichen Experimente und Berechnungen betrieb, blieb keine Zeit mehr für gesunde Hausmannskost oder gar für selbständiges Kochen. Einfach ein Fertiggericht in die Mikrowelle, nicht gerade gesund, aber der Hunger war gestillt und man konnte weiterarbeiten.

Auch während des Einkaufs war sein Kopf bei seiner Arbeit und seine Gedanken kreisten um das Zeitverschiebungsproblem.

Wenn ich einen Gegenstand oder, noch besser, einen Menschen in die Zeit reisen lasse, dann muss man ihm auf jeden Fall eine Ausgabe einer Zeitmaschine mitgeben, damit er wieder zurückreisen kann. Außerdem müssen die Route und die Dauer richtig eingestellt werden, denn die Erde war ja oftmals an der gleichen Stelle ihrer Bahn, man muss also sichergehen, dass man das richtige Jahr erwischt. Nicht, dass man ins Jahr 1920 reisen möchte, in die ›wilden Zwanziger‹ und versehentlich bei den Gladiatorenkämpfen im alten Rom landet. Markus lächelte bei diesem Gedanken.

Während dieser kurzen Zeit betrat Arnold das Labor seines Freundes, um ihm eine wichtige Frage zu stellen, um ihn um Hilfe zu bitten, um Unterstützung, eine Idee. Sein Alter machte ihm bei Sportveranstaltungen oft zu schaffen, früher war er oft Zweiter, niemals Erster bei irgendwelchen Läufen, doch in letzter Zeit musste er froh sein, zufrieden sein, wenn er unter den schnellsten

Fünf landete. Gewiss, Doping war nicht erlaubt, aber vielleicht hatte sein Freund ja einen kreativen Einfall, wie er seinen Körper in Topform und mehr als in Topform bringen konnte, wozu war Markus Wissenschafter. Markus war nicht in seinem Arbeitszimmer, doch die unversperrte Türe ließ Arnold folgern, verriet ihm, dass sein Freund bald zurückkommen würde.

Immer noch fasziniert, betrachtete Arnold die Zeitmaschine. »Er ist wirklich ein kluger Kopf«, sprach er leise zu sich selbst, »er wird mir sicher helfen können!«

Er betrachtete den lichtempfindlichen Stoff und dachte, dass dieser beim Laufen eine sehr windschlüpfrige Eigenschaft haben würde, vielleicht war das ja die Lösung, vielleicht gewann er dadurch die notwendigen Sekundenbruchteile, um an seine früheren Erfolge anzuschließen. Er sah die Substanz zu verschiedenen Formen zusammengenäht, als Kugeln, große würfelförmige Gegenstände und sogar als Anzug für einen Menschen.

Neugierig, ob man damit laufen konnte, zog Arnold den Anzug an. Füße, Kopf, alles war abgedeckt, selbst das Gesicht. Durch einen Filter konnte er wohl atmen und durch einen durchsichtigen Streifen konnten seine Augen noch die Umwelt aufnehmen, aber es war kein Kontakt mehr mit der Luft vorhanden.

»Ja, das ist ja bequem, passt gut, sicher ideal für einen Sportler«, überlegte Arnold. »Natürlich ohne Mundfilter und Haube, Gesicht klarerweise frei, aber sonst sehr gut.«

Gedankenverloren wischte er ein bisschen Schmutz von der Maschine, klopfte er den Staub an diversen Stellen ab, als plötzlich ein greller Blitz erschien.

In diesem Moment betrat Markus Höfler sein Labor. Er bemerkte gerade noch, dass im Nebenzimmer etwas geblitzt hatte, doch als er eintrat, schien alles normal zu sein, die Maschine stand harmlos in der Ecke und bis auf seinen Schreibtisch und seinen Sessel war der Raum leer.

Markus bereitete rasch ein Kalbsgulasch zu, schlang es hinunter und widmete sich wieder seiner Arbeit.

5

Karin Winter wartete an diesem Morgen, bis sie im Gang nichts mehr hörte und sie sicher sein konnte, dass alle neunzehn Kollegen ihre Zimmer verlassen hatten und sich bereits beim Frühstück, zum Völlen am Frühstücksbuffet im Speisesaal befanden. Dann schlich sie rasch zu den Zimmern der anderen Seminarteilnehmer, betrat die für die Zimmermädchen unversperrt gelassenen Räume und legte jedem ein Päckchen mit Keksen auf das Nachtkästchen.

Schließlich ging auch sie in bewusster Vermeidung des Liftes, mit der Einstellung, Bewegung ist immer gut, ins Erdgeschoss des Hotels. Die Rezeptionistin, Frau Marianne, händigte ihr einen Brief aus: »Der ist für Sie!« Karin wunderte sich, öffnete im Gehen den Umschlag, in der sicheren Annahme, es konnte sich nur um eine lokale Reklame handeln, und stutzte, ja staunte, als sie den Inhalt sah, die Todesdrohung, falls sie den Brief nicht richtig ausgefüllt zurücksendete.

Um den anderen die fröhliche Laune nicht zu verderben, steckte sie das Schreiben in ihre Handtasche, Kleinkoffer würde als Beschreibung wohl besser passen, denn während andere Damen schon Taschen mit schier unendlich viel Inhalt mit sich herumtrugen, die jeden Mann zum Wundern, zum sprachlosen Kopfschütteln bewegten, so war Karins Dauergepäckstück am ehesten mit der berühmten Tasche von Mary Poppins zu vergleichen. Es gab nichts, was sie nicht bei sich parat gehabt hätte, vom Minischirm über Erste-Hilfe-Ausrüstung, kleiner Trinkflasche mit Wasser und so weiter.

Nach dem Frühstück gingen einige Kongressteilnehmer in ihre Zimmer, andere wollten allein die Stadt besichtigen, während Winter, Schermayr, Bracha, Wolf unter der Führung von Roswitha eine Tour durch Linz machten.

Alex Wolf ließ es sich nicht nehmen, während der Unterhaltung immer wieder seinen Arm um Roswithas Schultern zu legen. Ob sie aus Höflichkeit oder aus Interesse nicht auswich, konnte ein etwaiger Beobachter nicht sagen, ja, Alex selbst wusste nicht einmal genau, was ihn verunsicherte, verwirrte – machte er sich jetzt lächerlich, oder war er dabei, eine Eroberung zu machen? Jedenfalls wurde die Unterhaltung sehr einseitig geführt, was Christian zu der bewusst humorvoll formulierten, aber doch eine Botschaft vermittelnden Bemerkung veranlasste: »Alex, bedenke, Reden ist Schweigen, Silber ist Gold!«

Bracha erzählte Christian, dass es ihn sehr freute, endlich mal Linz kennen zu lernen, sein Großvater wurde hier geboren und wuchs hier auf, so wie auch dessen Vorfahren. Sein Vater sei dann ins Ausland gezogen, habe ihm immer versprochen, einmal gemeinsam nach Linz zu reisen, die Stadt zu zeigen, wo die Wurzeln der Familie zu finden waren, doch sein Versprechen nie gehalten. Jetzt war er tot, und irgendwie hatte Bracha immer das Gefühl, der Vater wollte gar nicht nach Linz, wollte nicht hierher, aber das wäre jetzt unwichtig, denn in der Zwischenzeit hätte er alles verstanden und er wäre jetzt wunschlos glücklich, zufrieden mit seinem Leben und froh, Linz kennen lernen zu dürfen.

Karin Winter verweilte bei der Auslage eines heruntergekommenen Altwarengeschäftes und bewunderte in der Auslage ein Bild, das vorgestellt wurde als »Alfred Kubin, Jugendwerk aus 1890: Hund und Akkordeon in Obstschale«. Sie überlegte, es zu kaufen und als Andenken an ihren Linzaufenthalt mitzunehmen, doch Elisabeth Riedl riet ihr ab: »Du, wer weiß, ob das echt ist!«

Der offensichtlich aus Wien stammende Geschäftsinhaber, der den sonnigen Tag vor seinem Geschäft stehend verbrachte, da er die hellen Lichtstrahlen der düster-staubigen Atmosphäre seines Lokals vorzog, versuchte, Karin zu überreden: »Gnädigste, schauen S', ich hab' heit no nix verkauft. Wissen S' was, i geb Ihnen des Bild statt um 2.000 Euro, wie angeschrieben, um 1.500 Euro. Also, das ist a Drittel von den 1.500, was Sie weniger zahlen, also 33,3 % billiger!«

Elisabeth Riedl, die in ihrer Jugend eine begeisterte Mathematikerin war, antwortete sofort. »Das ist nicht 33,3 %, sondern nur 25 % billiger, weil der Grundwert ja die 2.000 sind. Wir werden Sie morgen wieder aufsuchen; wenn Sie bis dahin Prozentrechnung geübt haben, kommen wir vielleicht ins Geschäft!« Mit einem ironischen, ja beinahe zynischen, aber doch liebenswerten Lächeln nahm sie Karin an der Hand und zog sie mit sich fort von diesem Geschäft.

Roswitha führte die Gruppe ins ehemalige Central-Kino auf der Landstraße, in dem momentan gemeinsam mit Räumen im Mariendom die Aktion »Hörstadt« stattfand, in der es unter anderem um eine Kampagne gegen Zwangsbeschallung ging.

»Gerade wir Schriftsteller … «, begann Elisabeth Riedl.

Doch Schermayr beendete den Satz » … lieben die Ruhe!«

Der ideale Moment, um Wolf wieder mal mit seinem Wissen protzen zu lassen: »Na, wer hat gelehrt: Was man sagt, muss wahr sein, es muss gut sein, und es muss notwendig sein!«

»Ganz einfach, das sind die Siebe des Sokrates!«, erwiderte Karin Winter. »Aber wenn wir uns alle daran hielten, würde sehr wenig gesprochen werden!«

»Da es bald Mittag ist, werden wir nicht mehr in den Mariendom gehen, sondern lieber ins Hotel. Schade, dass ihr am 24. Oktober abreist und am Nationalfeiertag, also am 26., nicht mehr da seid, denn dann werden dort 1.000 Musizierende Bruckners ›Te Deum‹ aufführen. Es ist Platz für 20.000 Personen, und wir sind überzeugt, dass es ausverkauft sein wird.«

Alex Wolf bemerkte noch: »Wird nicht bei der Klangwolke dieses Jahr als Start ins Brucknerfest sein Werk ›Die Schöpfung‹ aufgeführt?«

»Haha, fast richtig«, lächelte Roswitha, »nur dass das Werk von Haydn stammt!«

Alex Wolf, der sich sehr blamiert vorkam, distanzierte sich etwas von der Gruppe und suchte Abstand, um sich wieder zu fassen, während alle ins Hotel zurückschlenderten. Dort ging er auf sein Zimmer, zog sich aus und trainierte wieder seine Taekwondo-Übungen um , wie er immer sagte, sein »Chi«, seine inneren Kräfte, seine Ausstrahlung, die Kraft seiner Aura zu erhöhen, zu stärken.

6

Gerald Witwar war in der Zwischenzeit mit einigen uniformierten Kollegen beim Wasserwald angekommen, wo eine etwa 300 Personen starke Demonstration gegen die Zerstörung dieses Naturgebietes, dieser beliebten Erholungsstätte der Linzer stattfand.

Er war erleichtert, ja sichtlich froh, dass er seine langjährige Bekannte Klara Landauer an der Spitze der Menge erkannte, wusste er doch, dass sie die Menschen unter Kontrolle hatte, ihre Persönlichkeit ein Garant dafür war, dass es zu keinen Ausschreitungen käme, obwohl dies bei unpolitischen Massenkundgebungen, bei von Naturschützern inszenierten Aktionen ohnedies nicht zu befürchten war.

Witwar begrüßte Klara Landauer, die gerade im Gespräch mit einem interessant aussehenden Mittvierziger war, und wurde vorgestellt: »Major Witwar – Doktor Franz Krifer!«

Dr. Krifer, ein extrem schlanker Mann, dessen im Sonnenstudio erworbene Hautfarbe ihm, verbunden mit seinen dunklen Augen, einen italienischen Einschlag verlieh, war Psychiater und, wie er sagte, vor allem hier, dass er, falls seine Kinder einmal fragen sollten, was er denn für die Umwelt getan hätte, was er zur Rettung der Natur beigetragen hätte, einiges aufzählen könnte. Es war auch sein Anliegen, die Welt lebenswert zu erhalten und lebenswerter zu gestalten, sie einmal, wenn er sie verlassen musste, durch seine Mithilfe in einem besseren Zustand zu wissen, als sie war, als er sie vor langer Zeit betrat.

Der Polizeimajor und der Arzt waren einander auf Anhieb sympathisch und diskutieren sofort dem Anlass entsprechend über diverse Themen.

»Ja«, bemerkte Witwar, »ich habe immer wieder den Eindruck, dass wir Zeugen sind, wie eine große Kultur sich selbst vernichtet. Und der Grund dafür ist Habgier!«

»Darf ich Sie vielleicht demnächst einmal zu mir zum Essen einladen?«, versuchte der Major, den Kontakt nicht verloren gehen zu lassen.

»Gerne, aber bitte nur vegetarisch! Haben Sie schon einmal überlegt, dass Zuchttiere, die einige wenige Menschen satt machen, eine Getreidemenge verzehren, die ein Vielfaches an Personen sättigen würde, dass viele Tiere mit Antibiotika gefüttert werden, einfach prophylaktisch, obwohl sie gar nicht krank sind, und wir diese dann mit dem Fleisch einnehmen? Wenn wir selbst mal krank sind, helfen uns dann gewisse Antibiotika gar nicht mehr, weil wir schon resistent sind. Also bitte nur vegetarisch, und am besten etwas, von dem man weiß, dass keine Pestizide drauf und drin sind, und am liebsten noch, doch das ist leider nicht gekennzeichnet, wenn das Gemüse und Getreide nicht neben einer Autobahn oder einer Einflugschneise eines Flughafens angebaut wurde.«

Der Major war sprachlos, natürlich hatte er sich auch schon Gedanken über gesunde Ernährung gemacht, hatte über den Treibstoff für seinen Körper nachgedacht, hatte festgestellt, dass er sein Auto fürsorgevoller behandelte als sich selbst, aber derart weit waren seine Gedanken niemals vorgedrungen. Sie verabredeten sich also für den Abend in einem vegetarischen Lokal auf der Landstraße in der Nähe des Passagekaufhauses.

Da bis dahin noch etwas Zeit war und sich die Demonstration bereits aufgelöst hatte, waren doch hauptsächlich Familien beteiligt, Menschen mit Kindern, die jetzt ein Abendessen haben wollten, die zu Bett gebracht werden mussten, schlenderte der Major noch durch die Stadt und nützte die zwei Stunden, um auf diverse Dächer zu steigen, wo die Ausstellung »Höhenrausch – Kunst auf den Dächern« stattfand. Er verwendete diese Gelegenheit vor allem, um Linz, um sein geliebtes Linz von oben zu betrachten. Natürlich ging dies auch vom Pöstlingsberg, dem Hausberg der Linzer, doch von dort nur mit dem Fernrohr. Hier sah er die Dächer und Straßen aus einer anderen Perspektive, gewann einen neuen Eindruck von Wegen, Innenhöfen und dem Treiben in Oberösterreichs Landeshauptstadt.

Am Abend saßen Dr. Krifer und er im Garten eines vegetarischen Restaurants, aßen überbackene Zucchini und Melanzani mit Zaziki, tranken dazu ein Glas Biobier und plauderten zuerst einmal über die Köstlichkeit der Speisen, dann über Bioerzeugnisse.

»Eine Frage an Sie als Polizist. Da doch Biowaren wesentlich teurer sind als normale Lebensmittel, ist es da nicht naheliegend, dass Unternehmer versucht sind, minderqualitative Waren dazuzukaufen und ebenfalls als kontrolliert biologisch auszuzeichnen?«

»Ja, sicher kann man da nie sein, in Österreich sind die Kontrollen sehr streng, und ich denke, wir können unseren Landwirten vertrauen, doch ob in anderen Ländern nicht eine Mafia existiert, die einige Felder biologisch betreibt und zu den Erträgen dann pestizidverseuchte Produkte dazu mischt, um den Gewinn deutlich zu steigern, können wir nicht feststellen.«

Nach einer kurzen Pause sprach Witwar weiter: »Aber auch ich habe eine Frage an Sie. Sie als Psychiater können mir vielleicht erklären, was einen Menschen dazu treibt zu töten. Ich meine nicht den versehentlichen Totschlag, auch nicht die Gier, sagen wir ein Erbe anzutreten, sondern den Tod an sich herbeizuführen?«

»Sie sprechen von sogenannten Triebtätern, Menschen mit einem ausgeprägten Minderwertigkeitskomplex, die ihre Macht spüren wollen, indem sie töten. Nach dem ersten Mal sind sie verunsichert, fühlen sich schlecht, doch sie müssen es wieder machen, wollen das Opfer nicht leiden sehen, aber doch so lange am Leben erhalten, dass diese noch wahrnehmen, wer ihr Mörder ist, dass sie ausgeliefert sind, sich nie werden rächen können. Mit der

Zeit sehen sie es als Allheilmittel, wenn ihnen etwas nicht passt, die Gegner wegen Kleinigkeiten bereits zu liquidieren. Erst einmal auf den Geschmack gekommen, gibt es keine psychische Barriere mehr. Doch sind Triebtäter selten, in Österreich hatten wir schon lange keinen solchen Fall mehr. Aber jetzt kommen wieder Sie als Verbrechensfachmann dran: Kann es nicht sein, dass mehrere ungeklärte Morde auf ein und den gleichen Täter zurückgehen?«

»Nein, es ist unwahrscheinlich, wir haben meistens DNA-Analysen vom Täter und auch Anzeichen, wie er vorgegangen ist, so dass man die Ein-Täter-Theorie ausschließen kann.«

Bis 22.00 Uhr sprachen sie über ihre Spezialgebiete, Mord, Verbrechen, Geisteskrankheit, tauschten ihr Wissen, ihre Erfahrungen aus und kamen immer wieder zu Punkten, an denen sich ihre Jobs überschnitten, und Themen, mit denen sie beide beruflich zu tun hatten.

Schließlich verabschiedeten sie sich, tauschten noch rasch Handy-Nummern und E-Mail-Adressen aus und gingen jeder für sich nach Hause.

7

Am gleichen Abend saßen Alex Wolf und Roswitha noch in der Bar des Hotels. Wolf, der sein Selbstvertrauen wieder zurückgewonnen hatte, flirtete hemmungslos mit Roswitha, die nach mehreren Cocktails seinem Charme nach und nach zu erliegen schien. Sie erzählte von ihrer Scheidung, ihrer Trennung von Herbert, von dem gestörten Verhalten ihres Exmannes.

»Er hielt sich immer für so klug, redete überall mit, auch wenn er keine Ahnung davon hatte. Hat etwa jemand etwas über, sagen wir, amerikanische Eisenbahnen erzählt, schon hat er mitgesprochen. Aber nicht irgendwie, sondern so, als wäre er der Experte, er hat seine Meinung nicht als Vermutung oder so vorgebracht, sondern in einer Form, als wäre sie Gesetz. Er hat nie hinterfragt. Wenn er in im Lokalteil einer Zeitung oder in einer Illustrierten etwas gelesen hat, war es für ihn Tatsache.«

»Natürlich sind es oft Kleinigkeiten, die dann nach einiger Zeit nerven, aber das ist doch kein Grund für eine Scheidung!«, warf Wolf ein. Er war es gewohnt, dass sich Menschen bei ihm ausweinten, dass er durch seine verständnisvolle Art für viele in seinem Freundes- und Bekanntenkreis als Kummerkasten oder, wie er es nannte, als »seelischer Mistkübel« diente.

»Natürlich nicht, es ist auch nicht der Grund, dass er mich nie bei meinen Arbeiten unterstützt hat, denn was mich wirklich gekränkt hat, ist, dass er vor seinen Eltern nicht zu mir gestanden hat, mich betrogen hat und mich andauernd unterdrücken wollte. Dabei war er Witwer, als ich ihn kennen lernte, hatte zwei Kinder mit in die Ehe gebracht, die jetzt bereits volljährig sind, aber auch für die habe ich gesorgt, als wären sie meine eigenen!«

Wolf, der genügend ähnliche Geschichten, ja weitaus schlimmere gehört hatte, war versucht, einige davon Roswitha zu erzählen, um ihr zu zeigen, dass sie relativ gut dran war, und sie erkannte, dass andere Frauen wesentlich tragischere Schicksale erlebt hatten. Doch mit seinem natürlichen Instinkt für Psychologie wusste er, dass man Menschen, die Sorgen haben, nicht mit eigenen Sorgen oder mit anderen Geschichten kam, sondern dass man einfach zuhörte und Verständnis zeigte.

An einem anderen Tisch in der Hotelbar erzählte Elisabeth Riedl gerade ihren beiden Tischherren, Schermayr und Bracha, mit von zwei Vierteln Weißwein etwas gelöster Zunge von ihrer Großmutter, die hier aufwuchs und so gute Linzer Torte backen konnte. Sie zeigte ein Foto, auf dem die Großmutter als Kind zu sehen war, wie sie eine Puppe in der Hand hielt.

»Sie hat immer erzählt, dass sie diese Puppe als Kind so geliebt hat, aber plötzlich war sie verschwunden und nie mehr aufgetaucht. Nach ihrem Tod, als dann das Haus renoviert wurde, fand man sie unter dem Holzboden, unmittelbar beim Wohnzimmerfenster, vielleicht wurde sie von einer Ratte dorthin gebracht, keiner weiß es.«

»Sehr interessant«, bemerkte Bracha, »ich könnte Ihnen ganz andere Geschichten von der Verwandtschaft erzählen, vor allem, dass sie auch für die Gesundheit ihrer Kinder und Nachfahren verantwortlich ist. Wenn man sich ewig ungesund ernährt, raucht und trinkt und dann im späten Alter noch ein Kind zeugt, dann kann dieses noch so gesund leben, es wird krank, sei es Krebs, seien es andere Darmkrankheiten. Es ist wirklich eine Schande, dass es möglich ist, schon mit Krankheiten auf die Welt zu kommen, für die man gar nichts kann, das ist die eigentliche Erbschuld!«

»Ja, wer vorhat, Kinder in die Welt zu setzen, sollte vorher auf seine eigene psychische und physische Gesundheit achten, denn jede Art von Störung wird durch elterliches Verhalten auf die Kinder übertragen. Die Eltern gehen dann mit dem Kind zum Psychiater, dabei gehören sie selbst auf die Couch!«

»Ich spreche nicht vom Milieu, ich spreche von Vererbung!«, warf Bracha erregt ein.

»Ja, aber wir sind so frei und erweitern das Thema, denn wir machen von unserer Redefreiheit Gebrauch!«, lächelte Schermayr.

Verärgert stand Bracha auf und ging in sein Zimmer, fasste sich aber wieder. Er wollte nicht als Außenseiter gelten. Er entdeckte die Kekse, nahm sie mit und gesellte sich wieder zur Runde, setzte sich wieder an den Tisch – so als hätte er nur eben etwas aus seinem Zimmer geholt: »Großartig, dieses Hotel, habt ihr auch Kekse bekommen?«

Karin Winter lächelte still vor sich hin. Es schien so, als wäre es ihr wieder mal gelungen, Freude zu bereiten.

Obwohl in der Bar geraucht werden durfte, wollte Karin, die als Einzige diesem Laster nachhing, die anderen mit dem Zigarettengeruch nicht stören und ging in den kleinen Garten des Hotels, um ihre Nikotinsucht kurzzeitig zu befriedigen. Dort hörte sie durch ein offenes Fenster des Hotelgangs, wie Alex Roswitha mit warmer Stimme fragte, ob sie sich nicht fürchtete, allein im Hotelzimmer, allein in diesem großen Bett, ob er sie nicht begleiten sollte. Sie hörte auch Roswithas entschiedenes ›Nein‹, sah aber nicht, dass sie ihm lächelnd zunickte, mit der rechten Hand auf ihre Armbanduhr deutete und dann mit ihren Fingern fünf Minuten zeigte.

Wolf ging lächelnd in die Hotelhalle zurück, wo alle meinten, dass er abgeblitzt war, die Eroberung fehlschlug. Er besorgte sich im Herren-WC einige Kondome, seine ›Lebensversicherungen‹, wie er diese immer nannte und verabschiedete sich von seinen Kollegen, um angeblich auch auf sein Zimmer zu gehen.

Christian Schermayr konnte es nicht lassen, zu bemerken: »Bin ja gespannt, ob das was wird, ein paar Tage hat er ja noch Zeit. Ob er weiß, dass gilt: Wenn ein Diplomat ›ja‹ sagt, meint er ›vielleicht‹, wenn er ›vielleicht‹ sagt, meint er ›nein‹, wenn er ›nein‹

sagt, ist er kein Diplomat. Aber wenn eine Dame ›nein‹ sagt, meint sie ›vielleicht‹, wenn sie ›vielleicht‹ sagt, meint sie ›ja‹ und wenn sie ›ja‹ sagt, nun, dann ist sie keine Dame!«

8

Alex Wolf wachte wie immer kurz vor sechs Uhr auf und sprang sofort aus dem Bett. Herumwälzen, den morgendliche Halbschlaf genießen, das kannte der trainierte Sportler nicht. Nachdem er ein Glas Wasser in einem Zug leerte, begann er mit seiner täglichen, körperlichen Morgenroutine, seinen Beweglichkeitsübungen, Muskeltraining und Taekwondo-Manövern.

Plötzlich hörte er einen markerschütternden Schrei, einen überraschtes Entsetzen ausdrückenden, lang gezogenen Laut, der keineswegs nach einem Hilferuf oder nach einem Schmerzensschrei klang, sondern eher ein blankes Grauen widerspiegelnder Ton war, der wirksamer als jeder Wecker die Gäste des Hotels aufweckte.

Alex Wolf kam gemeinsam mit einigen seiner Kollegen und anderen Hotelgästen zum Ort des Geschehens, die Tür eines Gästezimmers des Hotels stand offen. Davor stand ein zitterndes, ein die Hand fassungslos vor den Mund haltendes Zimmermädchen. Jeder versuchte, einen Blick in das Innere des Zimmers zu erhaschen, zu sehen, was denn dort drin los war, was derart aufregend war.

Karin Winter, die trotz ihrer eher blutrünstigen Kriminalromane keineswegs abgebrüht war, warf einen Blick in das Zimmer und stammelte: »Eine Frau, am Boden liegt eine Frau in einer Blutlache, ich glaube, es ist unsere Reiseführerin, ich glaube, es ist Roswitha.«

Ein Durcheinander von Stimmen erhob sich. »Lebt sie noch?« »Man muss einen Arzt holen!«

»Die Polizei, ruft jemand die Polizei!«

»Kennt sich jemand mit Erster Hilfe aus?«

»War es ein Unfall?«

Elisabeth Riedl, die für ihre Arztromane immer wieder bei Medizinern recherchiert hatte und sich für die Authentizität ihrer Geschichten sogar mit dem einen oder anderen feschen Arzt auf eine Kurzbeziehung einließ, drängte sich durch die Menge, bahnte sich einen Weg in das Hotelzimmer, nur um zu erkennen, dass hier jede Hilfe zu spät kam. Sicherheitshalber suchte sie noch die Halsschlagader, hielt Roswitha noch einen Taschenspiegel vor Mund und Nase, der allerdings nicht beschlagen wurde.

Eindeutig, Roswitha, ihre charmante, liebenswürdige Reisebegleiterin war tot, war, wie man am Messer erkannte, das aus ihrem Oberkörper ragte, eines unnatürlichen Todes gestorben.

Kurz darauf erschienen zwei von der Hotelleitung informierte Polizisten in Uniform, die die Gäste ersuchten, zurückzutreten und die Spuren am Tatort nicht zu verwischen. Etwas später erschien Major Witwar in Begleitung seines neuen Freundes Dr. Krifer, der wohl Psychiater war, aber davor natürlich auch die gesamte Medizin studiert hatte und seinen ersten Eindruck an Witwar weitergeben sollte und wollte.

Roswitha lag auf ihrer linken Seite, die Arme ausgestreckt, ein paar Zentimeter über ihrem Magen ragte der Knauf eines Schweizer Offiziersmessers aus ihrem einst so erotischen Körper, ihre Augen richteten sich ein Stück nach oben, und als der Polizeimajor mit seinem Blick der Richtung folgte, sah er, dass Roswitha offensichtlich in den letzten Sekunden ihres Lebens noch eine Mitteilung machen, einen Hinweis geben wollte. Mit Blut hatte sie auf den Parkettboden den Buchstaben »T« geschrieben.

Major Witwar gab den beiden Uniformierten knappe Anweisungen, kurze, in dieser Situation naheliegende Befehle: »Stellen Sie fest, wer von den Hotelgästen und vom Personal einen Vornamen oder Familiennamen besitzt, der mit ›T‹ beginnt! Dieser Anhaltspunkt mit dem Buchstaben schließt jedenfalls einen Selbstmord a priori aus! Dann verständigen Sie die Familie des Opfers, jemand mit starken Nerven muss sie noch identifizieren. Und schließlich durchkämmen sie noch die Namen aller Verwandten und engeren Bekannten nach der Initiale ›T‹! Das Opfer muss den Täter gekannt haben, sonst hätte es uns nicht diesen Tipp geben wollen.«

Dr. Krifer sah die Leiche kurz an und stellte fest, dass nicht nur ein tödlicher Messerstich ausschlaggebend war. Zusätzlich hatte der Täter die Frau noch gewürgt. Da keinerlei Spuren auf einen Kampf schließen ließen, vermuteten der Arzt und der Major, dass das Opfer überrascht wurde, und entweder der Mörder sie noch sicherheitshalber erwürgt hatte oder dass er seinen Hass auslassen wollte.

Dann wandte sich Witwar den Schaulustigen, den Neugierigen, der offenbar jetzt schon ein Ergebnis, eine Lösung des Falls erwartenden Menschenansammlung zu: »Wer hat die Leiche gefunden, wurde irgendetwas verändert?«

Alex Wolf ergriff das Wort: »Gefunden dürfte sie das schwarzhaarige Dienstmädchen mit der großen Oberweite haben, da wir ihren Schrei vernahmen. Kurz angegriffen hat sie dann nur noch Kollegin Riedl für den Fall, dass man noch Erste Hilfe hätte leisten können!«

»Danke, also werden wir mal das Stubenmädchen interviewen, obwohl ich mir nicht viel davon erwarte. Dann sollte man feststellen, ob irgendetwas fehlt, doch wird das nicht einfach sein!«

Schermayr unterbrach: »Also ich vermisse etwas, das mag zwar jetzt wie ein Eigentor klingen, doch Sie werden es ohnedies herausfinden, mir fehlt mein Taschenmesser. Es ist ein Schweizer Offiziersmesser mit Schere und diese wollte ich heute Früh für einen eingerissenen Fingernagel verwenden, aber ich konnte das Messer nicht finden. Gestern Abend, als ich im Badezimmer meines Appartements war, glaubte ich etwas zu hören, war mir aber nicht sicher. Es muss ein Dieb gewesen sein, der das Messer entwendete. Also vermutlich ist es die Tatwaffe, Sie erkennen es an einem ›C‹ und einem ›S‹, die auf dem Knauf zu sehen sind.«

Der Major sah nach. »Nein, Ihr Messer ist das offensichtlich nicht. Es ist wohl ein Schweizer Offiziersmesser, aber ohne Schere, und außerdem hat es keinerlei Buchstaben auf dem Knauf. Vielleicht hat ja ein Kind, das auf Diebestour war, Ihr Messer gestohlen. Es kommt immer häufiger vor, dass Kinder und Jugendliche durch Hotels und Krankenhäuser streichen, bei unverschlossenen Türen ihre Chance wittern und schauen, was sie rasch entwenden können.«

Das Verhör des Zimmermädchens ergab nicht viel, lieferte dem Major, wie man auch seinem Gesicht ansah, keine verwertbaren Informationen.

Sie hatte gerade ihren Dienst begonnen, war mit frischen Handtüchern, Seifen, Staubsauger und Reinigungsmittel für die Sanitärräume unterwegs, als sie bei Roswitha Licht im Zimmer sah. Sie klopfte, weil sie dachte, sie könne gleich mit diesem Zimmer beginnen. Als sich niemand rührte, keine Antwort erfolgte, öffnete sie vorsichtig die Tür, stieß auf ein Hindernis und drückte mit etwas Kraft die Tür ganz auf. Im ersten Moment nahm sie nichts Ungewöhnliches wahr, dann wanderte ihr Blick durch das Zimmer. Sie sah das total verdrückte Doppelbett, das gebrauchte Geschirr auf dem kleinen Tischchen, die schlampig hingeworfene Kleidung, bis sie unmittelbar vor sich auf den Boden blickte und die Frau und das Blut entdeckte. Irgendwie dachte sie sofort, ahnte sie instinktiv, dass Roswitha tot war und schrie auf.

Der Major bat die Hotelleitung um ein kleines Zimmer mit Schreibtisch, eine Art Büro, wo er nach und nach alle Hotelgäste nach ihren Eindrücken fragen wollte, solange diese noch frisch waren.

»Gehen wir einfach nach Zimmernummern vor, da alle im zweiten Stock wohnen, beginnen die Nummern alle mit der Ziffer Zwei, also zuerst bitte den Gast von Zimmer 201!«

»Das ist Herr Bracha!«, brachte das Zimmermädchen, das sich nach und nach von seinem Schock erholte, vor. »Ich werde ihn holen.«

Gerade überlegte der Major, ob er ein erfrischendes Bier bestellen sollte, einen muntermachenden Kaffee oder sich einfach eine appetitzügelnde Zigarre anzünden sollte, als ein Schrei durch die Gänge des Hotels hallte.

Witwar und Krifer liefen schnell in die Richtung, aus der der schrille Laut kam, um dort mit einigen Mitgliedern des Pen-Klubs, mit den ebenfalls herbeigeeilten Schriftstellern zusammenzutreffen. Das Zimmermädchen lag ohnmächtig am Boden, am Gangteppich, die Tür zu Zimmer 201 stand offen. Während sich Krifer um die Bewusstlose kümmerte und dabei von den gierigen Augen Alex Wolfs beobachtet wurde, sah der Major, erblickte der trotz seiner Erfahrung höchst überraschte Kriminalbeamte im Hotelzimmer einen zweiten Toten. Auch diese Person, ein Mann, lag auf der Seite. Der einzige Unterschied war, dass bei ihm das Messer mitten im Rücken steckte.

Wie schnell klar wurde, handelte es sich bei dem Mann um Herrn Bracha, den Mann, der als Erster verhört werden sollte.

»Offensichtlich hat diese Person auch keinen Selbstmord verübt!«, bemerkte Gerald Witwar.

Er stutzte kurz, als er den Boden neben der Leiche betrachtete, seinem Unterbewusstsein fiel etwas auf. Er achtete aber nicht weiter darauf, sondern wandte sich dem immer noch ohnmächtigen Zimmermädchen zu: »Zwei Leichen in so kurzer Zeit zu entdecken, ist für jeden zu viel!«

9

»Jetzt beginnt der Fall kompliziert zu werden!«, murmelte der Major vor sich hin, als er in sein provisorisches Arbeitszimmer, in das ihm zur Verfügung gestellte Hotelzimmer zurückging.

Dr. Krifer folgte ihm und bemerkte aufmunternd: »Sehen Sie es mal so, es ist kein Routinefall, es ist ein Verbrechen, das eine große Aufmachung in den oberösterreichischen Nachrichten, aber auch in anderen Zeitungen erhalten wird. Und wenn Sie es lösen, sind Sie ein berühmter Mann, wenigstens für ein paar Tage. Solange halt, bis das Zeitungspapier als Bodenbelag im Kanarienvogelkäfig landet oder im Altpapier.«

»Ja, wenn!«, antwortete der Major. »Zuerst muss ich herausfinden, was diese beiden Menschen gemeinsam haben, was das Motiv des Mörders ist, dass er in einer Nacht beide umbringt. War ursprünglich nur einer als Opfer auserkoren und der andere zufällig Zeuge? Ist der Mörder ihm in sein Zimmer gefolgt und hat ihn ebenfalls beseitigt? Haben die beiden eine gemeinsame Vergangenheit, irgendetwas, das sie verbindet, ein Erlebnis, sei es gestern, sei es vor vielen Jahren, das sie beide zu Opfern machte?«

»Ein beliebtes Motiv ist wohl Eifersucht! Ich würde an Ihrer Stelle mal feststellen, Herr Major, ob die beiden eine Liaison hatten! Wenn Sie ein Liebespärchen waren, muss man nur feststellen, ob einer von beiden einen fixen Partner hatte, der aus Eifersucht beide tötete.«

Der Major gab kurze Anweisungen, die sein älterer, bereits ergrauter, uniformierter Kollege aufmerksam entgegennahm. Ihn konnte nichts mehr erschüttern. Auch wenn er mit viel Gefühl bei jedem Fall dabei war, war letztlich alles Routine, zu viel hatte er schon in seinem Leben gesehen, zu viele Leichen, Misshandlungen, Unfälle.

Zwischenzeitlich war der Polizeiarzt eingetroffen, der nach kurzer Begrüßung des Majors und seines Medizinerkollegen – die beiden Ärzte kannten einander bisher nicht persönlich – zu den Leichen ging, um die notwendigen Erstuntersuchungen durchzuführen. Genaueres konnte erst bei der Obduktion festgestellt werden.

Dr. Krifer nutzte die Gelegenheit, um sich zu verabschieden.

Er wusste, dass in seiner Praxis sicher eine Menge Patienten warteten, sein erster würde Herr Kaiser sein, ein Mann mit einem gewaltigen Überlegenheitskomplex, er hielt sich immer für den Gescheitesten, Gebildetsten, sprach überall mit, las er etwas in einer Illustrierten, glaubte er daraufhin sofort, Spezialist für dieses Thema zu sein. Doch das konnte Krifer nur nebenbei behandeln, unterschwellig, denn Kaiser war bei ihm, weil er die Scheidung von seiner Gattin nicht verarbeiten konnte. Sie hatte ihn aus diversen Gründen verlassen, weil er sie betrogen hatte, weil er maßlos und noch dazu grundlos eifersüchtig war, weil er krankhaft geizig war und eben wegen seinen Cäsarenkomplexes.

»Lustig«, dachte Krifer, »Kaiser leidet an Cäsarenwahn!«

Das Interessante war, dass Kaiser nicht einsah, dass diese vier Gründe Anlass für die Trennung waren, er hielt sich für den liebsten und besten Ehemann, jede Frau müsste doch eigentlich dankbar sein, wenn sie ihn als Partner hatte. Doch weil er sich bei der Arbeit nicht mehr konzentrieren konnte, seit der Scheidung in seinem Geschäft ein Chaos Einzug gehalten hatte, ging er auf Empfehlung seiner Schwester zur Therapie.

Währenddessen begann Witwar im Hotel mit den Verhören. Der Major ließ als Erste Frau Karin Winter zu sich holen und bat gleich aus Zeitmangel seine zwischenzeitlich eingetroffene Assistentin Agnes Mangery, eine resolut auftretende Frau, die dank ihres natürlich hübschen Aussehens, ihrer offenen Art und ihrer Intelligenz, die sie bescheiden versteckte, die so manchen überraschte, bei Menschen beiderlei Geschlechts gut ankam, leicht Sympathien gewann, die männlichen Gäste zu verhören. Nach jahrelanger Erfahrung hatte er festgestellt, dass Männer einander prinzipiell einmal von vornherein als Gegner gegenübertraten, egal, ob es sich um ein reserviertes Extrazimmer in einem Restaurant handelte oder um das Flirten mit einer Frau, es sind offensichtlich uralte Muster, die immer noch in den Hirnen verankert sind. Revierkämpfe, Paarungsverhalten, egal, wie weit sich die Technik entwickelt, Männer scheinen immer irgendwie primitiv zu bleiben.

Es wäre ja interessant, dachte der Major, ob es weniger Kriege und weniger Hunger weltweit gäbe, wenn alle Regierungschefs der Welt Frauen wären! Nun, das werde ich nicht mehr erleben!

Während Chefinspektorin Agnes Mangery mit Schermayr in ein anderes als Verhörraum adaptiertes Hotelzimmer ging, begann Major Witwar das Gespräch mit Karin Winter.

»Als Krimiautorin sehe ich Sie ja beinahe als Kollegin, Frau Winter! Daher interessiert mich besonders, wie Sie den gestrigen Abend erlebt haben, welche Besonderheiten ihnen aufgefallen sind, was für einen Eindruck Sie von Herrn Bracha gewonnen haben!«

»Nun, ich habe ihn als ruhigen, in sich gekehrten Herren wahrgenommen, er war unaufdringlich, wirkte aber irgendwie depressiv. Für mich machte er den Eindruck eines Hypochonders. Er hatte offensichtlich immer diverse Tabletten bei sich, schimpfte über Menschen, die ungesund leben und ihre schlechten Gene weitervererben, war aber insgesamt ein höflicher, angenehmer Zeitgenosse.«

»Ich weiß schon, dass Sie über Verstorbene nichts Schlechtes sagen wollen, aber wenn Ihnen irgend etwas aufgefallen ist, von dem Sie meinen, es könnte uns weiterhelfen, dann teilen Sie es mir bitte mit. Auch wenn es für Herrn Bracha nicht angenehm klingen mag, so ist es sicher in seinem Sinne, dass alles erwähnt wird, das zu seinem Mörder führt.«

»Ja, das ist klar, aber sonst ist mir nichts aufgefallen. Er hat Herrn Schermayr gegenüber mal erwähnt, dass er zum ersten Mal in Linz ist, aber Vorfahren von ihm dürften hier gelebt haben!«

»Aha, das wird uns nicht weiterhelfen, aber danke! Und was können Sie mir über Roswitha, Ihre Reiseleiterin hier in Linz, erzählen?«

»Sie war liebenswürdig, zuvorkommend, sympathisch. Einfach eine Frau, die man gerne zur Freundin hat und als Mann vermutlich gerne zur Geliebten. Kollege Alex Wolf hat sich an sie rangemacht, aber ich habe zufällig durch ein offenes Fenster gehört, wie sie ihn abblitzen ließ. Ich glaube aber nicht, dass das ausreichen würde, um zum Mörder zu werden. Alex ist wohl ein etwas gestörter Charakter mit seiner demonstrierten Überheblichkeit. Offensichtlich ein Mensch, der glaubt, zu Höherem geboren zu sein, und nicht damit fertig wird, dass es die anderen nicht merken. Dabei ist er ein durchaus beliebter Kollege, man fühlt sich wohl, wenn er in einer Runde anwesend ist.«

»Eine interessante Analyse, herzlichen Dank! Ist Ihnen sonst gestern noch irgendetwas aufgefallen?«

»Ja, Herr Major, ich habe einen Brief erhalten und ich glaube, einige andere von unserem Verein auch! In diesem Brief wird mit dem Tod gedroht, wenn man nicht auf ihn reagiert!«

»Das ist ja interessant!« Der Major wurde hellhörig. Hatte er es hier vielleicht mit einem beginnenden Massenmord zu tun oder mit einem Verrückten?

Karin Winter zeigte dem Major den Brief mit dem Paradoxon, mit der unlösbaren Aufgabe, genau dann ein Kreuz darauf zu zeichnen, wenn keines dort sein sollte.

Der Major dachte kurz über die Aufforderung nach, runzelte die Stirn und fragte, ob er den Brief behalten dürfte, womit Karin einverstanden war.

Bevor Karin Winter sich verabschiedete, fragte sie noch: »Verzeihen Sie bitte, wenn ich etwas Unwichtiges frage, aber ich würde mir gerne ein Bild von Kubin kaufen ›Hund und Akkordeon in Obstschale‹, kann man den Altwarenhändlern hier in Linz trauen?«

»Genauso viel oder wenig wie in jeder anderen Stadt!«, antwortete der Major knapp, öffnete die Zimmertür und bat als Nächste Elisabeth Riedl zu sich ins Zimmer.

Sie war etwas hektisch und erzählte ungefragt, sich immer wieder ihrer Offenheit wegen entschuldigend von allen Personen, vor allem von dem ihrer Meinung nach etwas dümmlichen Herrn Bracha, vom arroganten Kollegen Wolf, vom Zyniker Schermayr, von der Tussi Roswitha, die nur die Männer aufgeilen wollte, und von der naiven Karin Winter.

Ja, auch sie hatte so einen Brief bekommen, sie glaubte aber, sie sei die Einzige. Sie holte ihn aus der Handtasche, erwähnte aber natürlich nicht, dass sie die Verfasserin war. Bei dieser Gelegenheit sah sie auch die Kekse und präsentierte sie dem Major mit den Worten: »Auch seltsam, heute habe ich Kekse in meinem Zimmer gefunden, ein kleines Papiersäckchen mit etwa zwanzig Stück verschiedener Kekse. Ich habe die Hotelverwaltung gefragt, aber die wusste von nichts.«

Der Major bat um ein paar Stück, gab vor, sie später zum Kaffee zu verzehren, hatte aber vor, sie im Labor analysieren zu lassen.

Elisabeth Riedl fuhr fort: »Also, für mich ist die Sache ganz klar. Roswitha hat Alex abgewiesen, weil sie in Wirklichkeit vorhatte, die Nacht mit Herrn Bracha zu verbringen. Das ist auch der Grund, warum dieser den ganzen Abend so ruhig war, ein sexuell ausgehungerter Mann kann sich auf nichts konzentrieren, wenn ihm ein schönes Schäferstündchen bevorsteht, glauben Sie mir, ich kenne mich da aus. Alex Wolf ist aber nicht der Typ, der aufgibt, und hat sich nachts zu ihrem Zimmer geschlichen. Da wird er gesehen haben, dass Bracha das Zimmer seiner Angebeteten verlässt. Er wartet, bis dieser außer Sicht ist, klopft noch einmal,

Roswitha denkt, Bracha will nochmals zu ihr, sei es, weil er etwas vergessen hat oder noch nicht genug hatte und öffnet ihrem Mörder die Tür. Nach der Tat schleicht er zu Bracha, klopft ebenfalls, verschafft sich unter einem Vorwand Einlass und ersticht ihn!«

»Vielen Dank für Ihre Mithilfe!« Der Major, der ja schon manches an Phantasiegeschichten gewohnt war, war von der Kreativität dieser Schriftstellerin überrascht. Ja, es klang alles ganz einfach, ein durchaus schlüssiger Tatvorgang, aber die Dinge im Leben sind meistens nicht einfach, sind komplizierter, als man denken mag. Außerdem kam ihm Riedl verdächtig vor, irgendetwas stimmte nicht mit dieser um Schönheit und Kollegialität bemühten Dame.

Er verabschiedete sich und verließ sein Zimmer. Im Gang traf er seine Kollegin Mangery und erzählte ihr in kurzen Worten, teilte ihr in einer gekonnten Zusammenfassung seine neuesten Informationen mit.

Agnes Mangery berichtete, dass sie das erste Mal erlebte, dass ein Mann bei einem Verhör überhaupt nicht aufhören wollte, zu reden, und sie dann auch noch um ein Rendezvous gebeten hatte. Ja, sie meinte Alex Wolf, einen zwar liebenswerten, aber unglaublich von sich überzeugten Menschen.

»Als ich versehentlich ein leeres Glas vom Tisch stieß, hat Herr Wolf es aufgefangen, bevor es am Boden ankam. Der Mann hat unglaubliche Reflexe! Ich habe ihn gefragt, wo er das gelernt hat, und er hat mir geantwortet, er trainiere seit zwanzig Jahren Taekwondo! Wenn er einen asiatischen Trainer gehabt hat, dann hat er sicher auch die Philosophie dieses Sports mitbekommen, falls er einen österreichischen Lehrer hatte und zusätzlich Pech, dann wurde er eventuell nur zum Schläger ausgebildet. Zweifelsohne kann er auch hervorragend mit einem Messer kämpfen und hat von der Anatomie des menschlichen Körpers viel Ahnung. Man lernt ja bei diesen Kampfsportarten auch, welche Punkte des Leibes besonders schmerzempfindlich und welche Schläge tödlich sind.«

»Er hätte dann natürlich auch mit gezielten Schlägen töten können!«, warf der Major ein, berichtigte sich aber gleich selbst: »Nein, denn dann wären wir schnell auf ihn gekommen! Und was ist mit Herrn Schermayr?«

»Er macht den Eindruck, als könne er keiner Fliege etwas zuleide tun. Doch stille Wasser sind tief. Sehr unsicher wurde er, als ich ihm mitteilte, dass die Mordwaffe, die in Roswitha steckte, ein Schweizer Offiziersmesser ist, bei dem mit Schmirgelpapier die Seite abgerieben wurde. Man wird versuchen, im Labor festzustellen, ob es sich um sein Messer handelt, die Buchstaben ›C‹ und ›S‹ jedenfalls sind nicht zu erkennen gewesen. Aber das Interessanteste ist, dass beide erzählt haben, dass sie einen Drohbrief erhalten haben, dass sie sterben würden, wenn sie diesen nicht beantworteten.«

»Ja, wir werden alle anderen Mitglieder des Pen-Klubs verhören und direkt nach diesen Briefen fragen.«

Nach dieser kurzen Besprechung gaben sie sich den stundenlangen Verhören hin, bei denen sicherheitshalber alles auf Tonband aufgezeichnet wurde, was nachher noch viel Schreibarbeit bedeutete. Eine Sekretärin, die diese eintönige Arbeit übernahm, die mit geübtem Zehnfingersatz die Aussagen im Nu in den Computer tippen würde, gab es nicht. Ein Drittel der Arbeitszeit verbrachten Kriminalbeamte am Schreibtisch mit Papierkram, mit Formularen, Ausfüllen von Anforderungen, Erstellen von Berichten.

10

Gerade als die beiden Polizisten mit den Verhören fertig waren, zumindest mit dem ersten Durchgang, erschien nochmals Dr. Krifer in Begleitung eines schlanken, schnurrbärtigen Herren, eines Mannes, der auf den ersten Blick sehr gutaussehend wirkte, ohne aber wirklich Charisma oder Ausstrahlung zu besitzen. Für sich nannte er solche Menschen »Blastophone«, Personen, die derart von ihrer Schönheit überzeugt waren, dass sie sich auch für klug, beliebt und so weiter hielten.

Dr. Krifer stellte vor. »Das ist einer meiner Patienten, Herbert Kaiser, den ich bat, mich hierher zu begleiten! Er ist der Exmann von Roswitha.«

Nach kurzem Händeschütteln, bei dem Kaiser sich scheute, dem Major in die Augen zu blicken, und er seine Hand zum Gruß schlaff hinhielt, sie aber überhaupt nicht drückte, legte er los.

»Eigentlich wäre ich auch gerne Schriftsteller geworden, habe schon in der Schulzeit immer wunderbare Aufsätze geschrieben, nie einen Fehler gemacht, und damals gab es noch kein Rechtschreibprogramm am Computer, meine Aufsätze hat der Lehrer am liebsten gelesen, hat er immer gesagt. Nach meiner Hauptschulzeit, ich war im B-Zug, aber das war ja damals noch etwas, war ich in der Berufsschule, habe Optiker gelernt, dort haben wir Lehrlinge dann keine Aufsätze mehr geschrieben, haben mehr Linsen geschliffen und so, Dioptrien berechnet, da war ich auch immer der Beste, aber schreiben würde ich immer noch gerne. Meinen Sie, die Leute vom Pen-Klub würden mir helfen, ein Buch zu schreiben und an einen Verlag zu kommen? Als Thema nehme ich mein Leben, so interessant. Das Werk geht sicher weg wie warme Semmeln, oder wie man halt so sagt.«

Der Major hatte Mühe, ihn zu unterbrechen.

»Schauen Sie, guter Mann, wir sind schon etwas müde, Sie waren also mit Frau Roswitha verheiratet? Können Sie uns etwas Interessantes mitteilen oder treffen wir einander einfach morgen?«

»Ich kann Ihnen sehr viel Interessantes mitteilen, vor allem, dass es ja mal so kommen musste. Alle Männer waren hinter ihr her, und sie in ihrer anerzogenen Anständigkeit hat zwar mit vielen geflirtet, doch fast keinen erhört. Während der Ehe war sie mir natürlich immer treu, sie wusste schon, was sie an mir hatte. Aber schließlich hat sie sich doch scheiden lassen, vermutlich weil sie es nicht ausgehalten hat, dass ich so weit über ihr stand. Ja, und dann die Esoterik, sie mit ihren Traumdeutungen, Edelsteinkräften, Reiki, Bachblüten, Schüsslersalzen und so weiter und so fort. Natürlich hat sie vielen Menschen geholfen, aber ich bin doch mehr für die Schulmedizin, für Antibiotika, Cortison, das wirkt wenigstens, da kann man zuschauen, so schnell heilt alles, und wenn's wiederkommt, dann halt noch mal eine starke Dosis Chemie, und es passt. Mit Energiearbeit dauert ja doch alles mehrere Wochen, auch wenn es dann für immer geheilt ist und keine Nebenwirkungen auftreten, das ganze Larifari ist doch mehr eine Einbildung, dass man gesund ist, der ganze Pfusch, Handauflegen und so ist doch eher wie ein Placebo oder dass die kleinen homöopathischen Kugerln wirklich helfen können, fünf Kugerln, das ist wohl lächerlich. Ist ja unglaublich interessant, dass meine Exfrau durch einen Stich ins Solar-Chakra gestorben ist, das wichtigste Energiezentrum, was zwischenmenschliche Beziehungen angeht. Sie staunen, dass ich mich auch auskenne, gell, aber wenn man mit so einem Menschen ein paar Jahre zusammenlebt und ein trainiertes Gedächtnis sowie einfach ein brillantes Hirn besitzt, dann ist das eine Kleinigkeit.«

»Vielen Dank, das wäre im Moment alles, Herr Kaiser. Könnte ich Sie noch einen Moment sprechen, Herr Dr. Krifer? Auf Wiedersehen, Herr Kaiser, geben Sie bitte noch Frau Inspektor Mangery Ihre Daten!«

»Schön, Sie nochmals zu sehen, Herr Doktor Krifer – ich hätte da eine Frage, haben Sie Herrn Kaiser irgendetwas über den Mord erzählt?«

»Nein, kein Sterbenswörtchen! Ich habe ihm nur mitgeteilt, dass seine Exfrau tot ist, erstochen!«

»Haben Sie irgendetwas über das Messer, die Einstichwunde, die Würgemale erzählt?«

»Nein, ich kam nicht mehr zu Wort. Sie haben ihn ja selbst erlebt, er hält sich für sehr wichtig, redet ununterbrochen. Aber auch sonst hätte ich nichts gesagt, das kennt man ja vom Film. Man erzählt nichts, auch das fällt irgendwie unter meine ärztliche Schweigepflicht.«

»Sehr aufschlussreich, ich danke Ihnen!«

Nach kurzer Pause fuhr der Major fort: »Wollen Sie noch mitkommen, Herr Doktor, ich stelle Ihnen einen sehr interessanten Wissenschafter vor, wir wollten einander letztens treffen, doch war ich dienstlich verhindert. Es ist Herr Doktor Höfler, seines Zeichens Erfinder und Menschenfreund!«

»Sehr gerne, ich habe schon von ihm gehört und bin an einem Kennenlernen äußerst interessiert.«

11

Kurze Zeit später saßen die drei Herren gemütlich in einem Seitenraum des Labors und unterhielten sich, sprachen über die politische Situation in Linz, über den Erfolg der Aktion »Kulturhauptstadt«, die vielseitigen Ideen, aber auch, wie die Angebote in Anspruch genommen wurden, ob die Zahl der Gäste die Erwartungen der Stadtverwaltung wohl erfüllen würde, ob das Ganze defizitär war, ob mit einem Langzeiteffekt zu rechnen war.

Als sie gerade beim zweiten Glas Bier waren, gesellte sich Irene, die Schwester Markus Höflers, dazu. In einer Sprechpause, als gerade wieder ein Thema so weit ausdiskutiert worden war, dass keiner mehr einen Beitrag leistete, begann die blonde, langhaarige Schönheit, die bis jetzt ausschließlich zuhörte.

»Brüderchen, ich muss dir unbedingt etwas erzählen, verzeihen Sie, meine Herren, falls es Sie nicht interessiert, es ist zwar sehr persönlich, aber ich muss es unbedingt loswerden!«

»Sollen wir einstweilen woanders hingehen?«

Gleichzeitig erhoben sich Major Witwar und Dr. Krifer, doch Irene Höfler stoppte sie.

»Keineswegs, es dauert nicht lange und geht ganz schnell: Markus, ich bin verliebt, ich habe in einer Singlebörse im Internet einen Herren kennen gelernt, und nach einigen Mails und Telefonaten haben wir mehrmals gechattet, so mit Webcam und allem drum und dran, so dass wir einander auch gesehen haben. Er ist ein ganz ein lieber Mensch, sehr interessant, und wir freuen uns sehr auf unser erstes Rendezvous. Morgen Vormittag treffen wir einander in dem neuen Café Heuschober an der Unionkreuzung, wo immer die Bücher herumliegen, die man ausborgen kann und im Internet registrieren soll, du kennst es. Ich weiß sogar, wie er wohnt, weil er mir Kurzvideos aus einem Haus gesendet hat, ich bin ja schon sooo neugierig auf ihn.«

»Na, da freue ich mich mit dir, aber hast du denn hier in Linz keinen passenden Partner gefunden?«

»Was ist schon Linz gegen die ganze Welt? Und die steht mir mit dem Internet offen. Sei froh, dass ich mir keinen Afrikaner geangelt habe. Wenn der dann mit allen seinen Geschwistern hier bei uns wohnen wollte, würde es sehr eng werden!«, lachte Irene. »Er ist übrigens Schriftsteller und mit dem Pen-Klub hier, sei Name ist Bracha. Klingt das nicht schön, B-r-a-c-h-a?«

Während sich Irene den Namen auf der Zunge zergehen ließ, Buchstaben für Buchstaben genoss, blickten Witwar und Krifer einander entsetzt an.

Der Major begann, leise zu sprechen: »Entschuldigen Sie, Irene, wenn ich Sie in Ihrer Freude unterbreche, ich bin Polizist und arbeite in der Mordkommission. Heute hatte ich zwei Mordfälle, die ich noch aufklären muss. Eines der Opfer hieß Bracha und war Schriftsteller.«

»Nein!«, entsetzt schrie Irene auf. »Ein großer Mann mit Schnurrbart?«

»Ja, die Beschreibung passt; außerdem Schriftsteller, der Name und von außerhalb! Ich bin mir sicher, es handelt sich um Ihren Freund aus dem Internet.«

Nachdem sich Irene wieder gefasst hatte, ergriff der Major das Wort: »Auch wenn ich nicht im Dienst bin, muss ich ein paar Fragen an Sie richten. Wie würden Sie Herrn Bracha beschreiben?«

Mühsam beherrscht antwortete Irene: »Nun, insgesamt als lebensbejahenden Menschen, obwohl, na egal. Er ist, jetzt muss man wahrscheinlich ›war‹ sagen, er war ein grundsolider Mann, der den Eindruck machte, man kann sich auf ihn verlassen. Er war nicht so lustig, wie alle Männer heutzutage glauben, sein zu müssen, aber er war aufrichtig. Ein ›Ja‹ war ein ›Ja‹ und ein ›Nein‹ ein ›Nein‹, es gab bei Entscheidungen keine Grauwerte, man konnte sich auf ihn verlassen. Wenn er um seine Meinung gefragt wurde, sagte er sie ehrlich, wenn es für einen Anwesenden ein unangenehmes Thema sein sollte, so hat er sie in sehr lieben, sanften Worten formuliert, aber er hat nichts beschönigt oder gar verschlechtert, er hat seine ehrliche, offene Meinung gesagt.«

»Wissen Sie etwas über die familiären Verhältnisse von Herrn Bracha?«

»Moment, lassen Sie mich überlegen – soviel ich weiß, hatte er zwei Brüder, einer ist kürzlich verstorben. Er lebte allein, seine Eltern waren schon tot. Zu seinen Nachbarn hatte er ein neutrales Verhältnis, ich glaube, er hat sie nur gegrüßt, manchmal über das Wetter gesprochen, aber es gab keine gegenseitigen Einladungen oder so.«

»Hat er nur von der Schriftstellerei gelebt oder hatte er noch ein weiteres Einkommen? Wir werden das ohnedies in Erfahrung bringen, aber wenn Sie es wüssten, würde es mich schon jetzt interessieren.«

»Früher war er als Lehrer tätig, doch er ging in Frühpension, krankheitshalber, wie er mir erzählte, obwohl sich dann herausstellte, dass es falscher Alarm war. Er beobachtete seinen Körper immer sehr genau, maß täglich seinen Blutdruck, korrigierte kleine Unstimmigkeiten sofort mit Tabletten. Einmal hat er selbst scherzhaft die Erwähnung gemacht, dass die Apotheke in seinem Ort auch von ihm allein als Kunde existieren könnte.«

»Noch eine Frage: Bei Ihrer ersten Antwort haben Sie bei der Beschreibung ›lebensfroh‹ etwas gezögert. Hatte das einen besonderen Grund?«

»Nun, eigentlich nicht!«

»Was heißt ›eigentlich‹, bitte denken Sie nach, jeder kleine Hinweis kann helfen, dieses Verbrechen aufzuklären.«

»Nun, auf jeden Fall war er ein gläubiger Mensch, streng gläubig, mir kam vor, dass er in den letzten zwei Wochen nicht mehr ganz so lebensbejahend war, wie ich ihn sonst erlebt habe. Natürlich kann man das über eine Bildschirmverbindung nicht so genau feststellen, doch irgendwie kam er mir verändert vor. Wenn ich ihn darauf ansprach, sagte er nur, dass er sich auf mich freue und auf Linz, die Stadt seiner Vorfahren.«

»Das ist eben das Interessante«, bemerkte der Major, jetzt das Wort an die beiden Herren gerichtet, »dieser Mann war noch nie in Linz, sein Mörder muss also im Pen-Klub zu suchen sein, die einzigen Menschen, die ihn kannten. Wenn er von Vorfahren spricht, wird er nicht seine Eltern meinen, also bestenfalls seine Großeltern, doch aus dieser Generation lebt niemand mehr. Man kann natürlich nicht ausschließen, dass es sich um einen irrtümlichen Mord handelt, doch ist das sehr unwahrscheinlich. Oder Herr Bracha hat etwas gesehen, was mit dem Mord an Roswitha zusammenhängt, was für ihn ebenfalls das Todesurteil bedeutete.«

»Als Laie würde ich mal fragen«, mischte sich nun Markus Höfler ein, »was könnte es gewesen sein, was den zukünftigen Partner meiner Schwester in letzter Zeit belastet hatte, hängt das mit seinem Tod zusammen? Kann man vielleicht feststellen, mit wem er noch Kontakt via Internet gehabt hatte?«

»Ja, das werden wir alles genauestens untersuchen«, warf der Major ein, »die Routine sieht vor, dass wir Handy und PC genauestens checken, die Nachbarn befragen, eine DNA-Untersuchung bei beiden Leichen durchführen.«

Nach längerem Schweigen, der Major wollte sich gerade verabschieden, war gerade im Begriff, eine rasch erfundene Entschuldigung, dass er jetzt aus bestimmten Gründen aber wirklich gehen müsse, zu platzieren, wandte sich Irene an ihren Bruder: »Markus, bitte, rette Herrn Bracha, rette meinen Konrad!«

Dieser Satz löste allgemeine Verwirrung aus, irritierte die Anwesenden, erzeugte zuerst ein betretenes Schweigen, bis alle gleichzeitig auf die hübsche, junge Dame einredeten.

»Sie werden sich erfangen, jeder Tod ist ein schmerzlicher Verlust für alle Freunde des Verstorbenen!«

»Wie stellst du dir das vor, dein Konrad Bracha ist tot, unwiderruflich tot! Ich verstehe, dass du traurig bist, aber geschehen ist geschehen, und der Major wird den Mörder sicher finden.«

»Ja, das kann ich Ihnen versprechen, auch wenn – nun, auch wenn das den Mann nicht wieder lebendig macht.«

Irene schien gar nicht zuzuhören, faselte nur etwas von: »Wir sprechen nachher noch darüber!«

12

Am nächsten Tag, zu Mittag, trafen sich Höfler und Dr. Krifer mit dem Major zum Mittagessen. Major Witwar fühlte sich sehr wohl in der Gesellschaft seiner neuen Freunde. Außerdem, wer weiß, vielleicht hatte ja doch einer von ihnen die eine entscheidende Idee, den wesentlichen Gedankenblitz, der zur Aufklärung des Doppelmordes führte.

Während im Hintergrund im Radio die Nachrichten liefen, die sich hauptsächlich um den Doppelmord drehten, widmeten sich die drei hungrigen Männer ihren bestellten Speisen.

Nach genossener Hauptmahlzeit, Fleisch und Gemüse, Proteinen und Vitaminen, nur Franz Krifer beschränkte sich auf Vegetarisches, machten sich die drei den Spaß, dass jeder eine andere Nachspeise aus Linz bestellte:

»Bitte ein Stück Linzer Torte!«

»Ich hätte gerne ein Linzer Kipferl!«

»Und mir bringen Sie bitte zwei Stück Linzer Augen!«

»Was mich vor allem interessiert«, richtete Markus das Wort an den Major, mit dem er so wie auch Dr. Krifer per Du geworden war, »kannst du ausschließen, Gerald, dass Selbstmord vorliegt?«

»Also, was Roswitha angeht, auf jeden Fall, sie hat ja noch mit Blut den Buchstaben ›T‹ als Hinweis auf ihren Mörder auf den Boden geschrieben. Sie wurde gewürgt, das ist klar. Und was Bracha betrifft, um es ironisch zu formulieren, ich habe noch niemals gesehen, dass sich ein Selbstmörder so verrenken kann, dass er sich ein Messer selbst mitten in den Rücken sticht.«

»Und wenn er es vorher irgendwo befestigt hat, um sich dann rücklings hineinzustürzen?«

»Sehr schlau, Herr Doktor, doch das haben wir untersucht, da gab es keine Möglichkeit, das können wir bedenkenlos ausschließen.«

»Was kannst oder, besser gesagt, darfst du uns denn noch erzählen?«

»Nun, die DNA-Untersuchungen haben ergeben, dass Alex Wolf mit Roswitha Sex hatte, dass am Messer, mit dem Herr Bracha ermordet wurde, auch Blut von Christian Schermayr zu finden ist, woraus man schließen kann, dass es sich um sein Offiziersmesser handelt. Weiters hat Herr Bracha unmittelbar vor seiner Abreise eine hohe Lebensversicherung abgeschlossen, und zwar zu Gunsten des Sterntalerhofes, eines medizinischen Zentrums mit Reiterhof in Stegersbach, der sich bekanntlich um krebskranke Kinder bemüht.«

»So viel ich weiß, zahlen Lebensversicherungen bei Selbstmord aber nicht, zumindest gibt es Varianten, bei denen bei einem Selbstmord innerhalb der ersten paar Jahre nach Abschluss nicht bezahlt wird. Also, falls er freiwillig aus dem Leben schied, dann musste er es tarnen, vielleicht jemanden beauftragen oder so!«

»Das kann man aber ziemlich ausschließen, vielleicht hatte er nur Flugangst und dachte, wenn er schon sterben muss, dann soll sein Tod noch irgendetwas Gutes bewirken. Was gibt es noch zu sagen: Unter seiner Leiche war ein großer Wasserfleck am Boden, weiter wollen die Kollegen vom Polizeilabor überprüfen, ob alles Blut von der gleichen Person stammt, also von Herrn Bracha, was wohl der Fall ist, aber sie stellten fest, dass es total verwässert war. Ein Rätsel, sicher nichts von Bedeutung, aber eben unklar.«

Das Läuten seines Handys unterbrach den Major: »Ja, Witwar.«

Der Major hörte konzentriert zu, unterbrach den Anrufer nicht.

»Gut, ich habe verstanden. Wenn ich im Büro bin, werde ich mich darum kümmern.«

Nach kurzer Pause richtete er das Wort wieder an seine beiden Tischgenossen: »Eine Vermisstenanzeige. Ein vierzigjähriger Mann ist seit zwei Tagen spurlos verschwunden, nennen wir ihn ›A‹. Seine Eltern haben uns jetzt verständigt.«

»Aha, und da bist auch du zuständig?«

»Ja, meine Mitarbeiter und ich kümmern uns um Mord, Vermisste und Entführungen, allerdings nicht um Diebstahl, Raub und all die anderen Delikte. Hier wird es vermutlich so sein, dass dieser erwachsene Mensch einfach eine tolle Frau kennen gelernt hat oder ein bisschen zu viel getrunken hat – obwohl die Eltern behaupten, dass er Sportler ist und keinen Tropfen Alkohol trinkt. Nun, jedenfalls geht unser Fall hier vor.«

Das Radio, dessen Lautsprecherboxen im Lokal so verteilt waren, dass man nirgends eine wirklich ruhige Ecke finden konnte, übernahm für kurze Zeit die Unterhaltung, dominierte die Konzentration der Drei.

»Ja, das waren die Angelos, das Geschwisterpaar Valerie und Maximilian, die bekanntlich anlässlich ihrer Österreichtournee morgen in Linz ein Konzert haben, aber auch in diversen Nobelhotels oder Nachtklubs zu hören sind mit ihrer neuesten Nummer ›I want to stay in London‹. Am 20. Oktober kam es um 23.30 Uhr zu einer sehr seltenen Permanenz am Roulettetisch des Casino Linz, an einem Tisch kam sieben Mal hintereinander die Zahl 20, die Wahrscheinlichkeit dafür wurde von Experten mit eins zu mehr als zwei Milliarden angegeben. Nun geht es wieder zu unserem Mittagsrätsel. Die Auflösung von vorgestern lautet: Der Mann ist Liliputaner und kann deshalb die oberen Knöpfe des Lifts nicht erreichen. Hier jetzt die neue Denksportaufgabe: Am Wüstenrand steht ein Haus, davor parkt ein Lastwagen. Bei diesem Gebäude sind alle Türen und Fenster von innen verschlossen, es ist vollkommen leer, nur in vier Metern Höhe auf einem Querbalken hängt ein Strick, an dem ein Mann hängt, der durch diesen Strang gestorben ist. Wie ist das möglich, wie kam er da hinauf? Die Auflösung erfahren Sie wieder übermorgen.«

»Na, Major, wäre das nichts für dich?«, stichelte Dr. Krifer. »So einen Radiokriminalfall wirst du doch lösen können?«

Witwar lächelte mit einer Mischung aus aufrichtigem Humor, einer kleiner Unsicherheit und einer verständnisvollen Über-den-Dingen-zu-stehen-Ausstrahlung.

Markus Höfler mischte sich ein: »Das ist kein Problem, sekkiert einander nicht, das ist ein ganz altes Rätsel. Ich kenne es, weil wir auf der Uni einen Kollegen haben, Professor Markus Silberstern, einen international angesehenen Mathematiker, dessen Hobby derartige Rätsel sind und der gerne mal nach dem Mittagessen beim gemeinsamen Kaffee im Besprechungszimmer das eine oder andere erzählt. In diesem Fall ist also die Lösung, dass der Mann Selbstmord begangen hat, er hat mit dem Lastwagen riesige Eisblöcke in das leere Haus geführt, alles von innen verriegelt, ist auf die Blöcke geklettert und hat sich selbst aufgehängt. Durch die Hitze ist das Eis geschmolzen und das Wasser dann verdunstet, wodurch der Mann gestorben ist.«

Der Major staunte, und Krifer gab noch seinen psychologischen »Senf« dazu: »Ja, selbst wenn das Leben eines Menschen unbedeutend war oder vor allem dann, ist es den meisten doch wichtig, ihrem Tod etwas Besonderes zu verleihen. Wenn sie dahingelebt haben, ohne jemals Aufsehen zu erregen, ihr Bild nie in der Zeitung war, sie niemals im Fernsehen aufgetreten sind, ihre Meinung zum Weltgeschehen nur ihrem Nachbarn mitteilen konnten, ohne jemals etwas zu beeinflussen, keine Künstler waren oder Erfinder, auch keine Kaffeehausbesitzer mit hunderten Bekannten oder in einem anderen halböffentlichen Beruf tätig, dann wollen sie wenigstens nicht unbeachtet aus dem Leben scheiden. Sie hoffen, dass es viele Fotos gibt, gut beschriftet, dass sie zeigen können ›Ich habe einmal gelebt‹. Denn seien wir ehrlich, wer von uns denkt noch jemals an die Großmutter seiner Großmutter – keiner! Wir haben sie ja vermutlich auch nicht gekannt. Sie hat gearbeitet, vermutlich hart gewerkt, hat ihre Kinder erzogen, die auch Bauchweh hatten, Schulprobleme, Liebeskummer, war für ihre Familie da, hat ihre Liebe weitergeben, die durch die Generationen bis zu uns vorgedrungen ist, aber keiner denkt an sie, weiß, wie sie heißt. Vielleicht haben wir unsere besonderen Fähigkeiten sogar von ihr geerbt, vielleicht auch unsere Mängel, aber sie ist dahin, für immer vergessen, und es sind nur knapp mehr als hundert Jahre seither vergangen. Also kein Wunder, dass man den Tod als letzte Möglichkeit sieht, Aufsehen zu erregen!«

Der Major nickte, schien aber mit seinen Gedanken ganz woanders zu sein.

Markus Höfler erzählte, dass sich ein ehemaliger Volksschulkamerad, Andreas Sikem, nach riesigen finanziellen Verlusten das Leben nahm, nach langer Überlegung keinen anderen Ausweg mehr sah, als sich selbst zu richten, und er tat dies, indem er sich auf eine Brücke stellte, in den Mund schoss, so dass er rücklings in die Donau fiel, wo er zusätzlich noch ertrunken ist. Er, Markus, hat erst viele Jahre später davon erfahren, hat es nicht mitbekommen, obwohl dies so spektakulär war, dass einige Zeitungen darüber berichteten.

»Tja«, meinte Krifer, »was ist deine Erfahrung, Major Gerald? Nach meinen Informationen sind die häufigsten Ursachen für Selbstmord finanzielle Probleme, Liebeskummer, unheilbare Krankheiten, Wahnsinn. Für Mord wiederum sind es Habgier und Eifersucht.«

Der Major war plötzlich nervös: »Wo können wir hier in Ruhe sprechen?«

»Gleich um die Ecke ist mein Labor!«, bot Höfler an.

»Sehr gut, gehen wir!«

Im Labor angekommen, ersuchte der Major um ein großes Stück Styropor. Höfler sah in seiner Abstellkammer nach, wo er prompt ein aufbewahrtes Verpackungsmaterial fand. Obwohl er nicht der Nachkriegsgeneration angehörte, nicht in jenen Zeiten aufgewachsen war, in denen Mangel an allem herrschte, hatte er die Eigenheit, alles irgendwie noch Verwertbare aufzuheben, alles in einem Nebenraum, der von der Größe genauso gut als Kinderzimmer hätte dienen können, zu lagern.

Der Kommissar dankte, legte es auf den Boden, postierte die dicke Styroporplatte etwas seitlich der Zimmermitte, steckte einen Bleistift in das nachgebende Material, so dass dieser mit dem stumpfen Ende zur Zimmerdecke deutete, und legte sich daneben, dann verkündigte er, seiner Stimme einen bedeutenden Klang gebend: »Gentlemen, Herr Bracha hat Selbstmord begangen!«

13

Irene, die gerade im Nebenzimmer an ihrem Computer saß und ein paar Stunden gechattet hatte, ihr tägliches Pensum an Kontakt mit ihrer im Ausland verheirateten Mutter und ihren weltweiten Freunden absolviert hatte, kam ins Zimmer gestürzt, erschien mit einer unmittelbaren Plötzlichkeit im Wohnraum, dass man an Zauberei hätte glauben können.

»Was sagen Sie da?«

»Ich sagte, Herr Bracha hat Selbstmord begangen! Und ich weiß jetzt auch, wie! Auf die Spur haben mich das verwässerte Blut am Hotelzimmerboden und das Rätsel im Radio gebracht. Das Ganze muss sich in etwa so abgespielt haben: Herr Bracha entwendete in einem unbeobachteten Augenblick das Messer von Herrn Schermayr, ging auf sein Zimmer, hatte dort eine Form aus Eis, also nicht aus Speiseeis, sondern aus gefrorenem Wasser, in der er das Messer fixieren konnte, mit der Klinge nach oben – also genau wie ich es hier mit der Styroporplatte aufgebaut habe, nur mit der spitzen Seite eben nach oben. Dann – und das hat ihn sicher allen Mut gekostet – legte er sich mit dem Rücken auf die große Klinge, so dass diese neben seiner Wirbelsäule genau bei der Lunge in seinen Rücken drang, was innerhalb kurzer Zeit zum Tod geführt hat. Leider muss ich dazu sagen, dass er vermutlich große Schmerzen gehabt hatte, aber er wollte offensichtlich seinem Tod noch einen Sinn geben und die Lebensversicherung wird ja im Fall von Selbstmord nicht ausbezahlt.«

»Ich kann es nicht glauben!«, flüsterte Irene. »Aber was Sie sagen, Herr Major, klingt so rund, so wahr!«

»Die große Frage ist, warum ein offensichtlich gesunder Mann, der einen schönen Beruf hat, auf den eine wunderschöne Frau wartet«, Witwar warf einen anerkennenden Blick auf die blonde Irene, »sich umbringt! Weiters eliminiert diese Erkenntnis jetzt natürlich die Idee eines Doppelmordes. Es ist zwar nicht auszuschließen, dass Bracha Frau Roswitha getötet hat, doch äußerst unwahrscheinlich. Sie, Frau Irene, haben ihn ja als gläubig beschrieben. Für einen gläubigen Menschen ist bereits Selbstmord ein großer Schritt, aber dass er unmittelbar vor seinem Ableben noch eine Todsünde begehen sollte, jemanden ermordet haben sollte, das ist so gut wie auszuschließen!«

»Auch wenn die Endung ›-logie‹ in meinem Berufszweig vom griechischen ›Logos‹, also der ›Lehre‹, kommt, so möchte ich sie jetzt doch auch als Logik, der, sagen wir, Kunst des folgerichtigen Denkens verstanden wissen! Psychologie: Wie denkt, handelt die Seele, das Unterbewusste eines Menschen? Als Psychiater habe ich es mit sehr vielen verschiedenen Ich-Zuständen bei meinen Patienten zu tun, und ich kann Ihnen sagen, dass dieser Selbstmord geplant war, nicht aus einer Laune heraus ausgeführt, nicht aus einer kurzzeitigen Depression.«

Der Major, der aufmerksam zugehört hatte, fügte noch hinzu: »Ich gebe dir Recht, Doktor, und offensichtlich ist Herr Bracha – wie ich aus diversen Verhören erfahren habe, extra in die Stadt seiner Vorväter gereist, um sich umzubringen.«

»Aber warum hat er denn nicht einmal versucht, mich kurz kennen zu lernen – wir wollten einander morgen treffen, hätte er nicht wenigstens so lange warten können?«, weinte Irene.

Dr. Krifer antwortete, was alle drei Männer dachten: »Wenn er Sie gesehen hätte, von Ihnen bezaubert worden wäre, so hätte er es sicher nicht geschafft; es muss ihm also sehr wichtig gewesen sein. Geldprobleme waren sicher nicht der Anlass, denn in einer glücklichen, erfüllten Beziehung fließt bekanntlich auch der Reichtum in ausreichendem Maße. Er hat sicher gewusst, im Zusammenleben mit einer lieben, hübschen Frau wird es keinerlei Geldprobleme geben, wenn beide tüchtig sind. Eine alte, oft bestätigte Wahrheit. Was kann aber der Grund sein, dass dieser gebildete Mann hierher fährt und sich in der ersten Nacht umbringt? Was ließ ihn seine Situation so ausweglos erscheinen, dass er keinen Lebenswillen mehr besaß? Es muss gesundheitliche Ursachen gehabt haben, vielleicht hatte er Aids oder Hepatitis C.«

Irene unterbrach ihn: »Nein, bestimmt nicht, er war ja nicht homosexuell und sicher seiner Gläubigkeit wegen niemals bei einer Prostituierten.«

»Nun, diese Ansichten sind etwas veraltet. Heutzutage ist Aids keine Krankheit der Randgruppen mehr. Trotz Aufklärung haben viele Paare in den ersten Tagen, ja sogar in der ersten Nacht nach ihrem Kennenlernen Sex, und zwar sehr oft ungeschützt – einfach, weil es noch mehr Spaß bereitet. Wer nimmt sich schon die Zeit, elf Wochen zu warten, keusch zu leben und dann einen Aids-Test vornehmen zu lassen? Gerade Jugendliche und da wieder die Burschen haben ja Angst, eine tolle Gelegenheit zu versäumen, wenn sie vorsichtig agieren. Die Verbreitung geschieht also sehr schnell, und ich bin sicher, dass eine Großzahl von Menschen auch hier in Österreich unter dieser tödlichen Krankheit leiden, ohne sich dessen bewusst zu sein!«

Markus Höfler gab zu bedenken: »Ja, aber wenn er ein gläubiger Mensch war, eine verantwortungsvolle Persönlichkeit, dann hätte er diese Zeit abgewartet.«

»Er schon, aber auch eine mögliche Partnerin? Und das kann lange her sein, dass er sich angesteckt hat.«

Der Major nahm sich vor, das Labor anzuweisen, eine Blutuntersuchung durchzuführen und den Leichnam allgemein auf tödliche Erkrankungen zu untersuchen. Dann verabschiedete er sich, um in seinem Büro nochmals die Protokolle der einzelnen Aussagen durchzulesen.

Dr. Krifer ging in seine Praxis, um die bereits wartenden Patienten zu betreuen, um in Gesprächen zu helfen und gleichzeitig immer wieder zu merken, wie gut es ihm doch selbst ging. Immer wieder dachte er bei sich, dass Menschen erst im Krankheitsstadium, bei Krankenhausaufenthalten, bei körperlichen Beschwerden drauf kamen, wie wertvoll Gesundheit war.

Markus Höfler ging in sein Labor, setzte sich an den Schreibtisch und rechnete. Nach kurzer Zeit stutzte er, zögerte und rief seinen Arbeitskollegen Dr. Silberstern an.

»Markus, erkläre mir bitte die mathematischen Hintergründe zum vierdimensionalen Raum. Prinzipiell kenne ich mich darin aus, ich habe viel über vierdimensionale Welten nachgedacht, was ja am einfachsten gelingt, wenn man überlegt, wie aus zweidimensionaler Sicht unsere drei Dimensionen mit Länge, Breite und Höhe verwirrend wirken. Aber nehmen wir eben an, wir haben zu diesen drei Dimensionen noch als die vierte Dimension die Zeit!«

Frisch und klar klang die Stimme des genialen Mathematikers, des intelligentesten Menschen, den Markus Höfler zu kennen glaubte, seines Namensvetters aus dem Lautsprecher des Telefonhörers: »Ja, das ist ein üblicher Ansatz bei euch Physikern und Elektrotechnikern. Wir Mathematiker betrachten die Dimensionen ja ohne Bezeichnungen und stellen Überlegungen im n-dimensionalen Raum an. Also, wir geben keine bestimmte Zahl vor, sondern berechnen allgemein und können dann am Ende in das Ergebnis jede beliebige Zahl einsetzen!«

»Also, ich überlege mal folgendermaßen: Ich kann einen Gegenstand theoretisch in vier verschiedene Richtungen verschieben, und zwar links-rechts oder vorne-hinten oder oben-unten und natürlich in jede Kombination aus diesen Bewegungen, aber ich kann ihn auch in der Zeit verschieben, das heißt, er behält seinen Platz, ist aber im Moment nicht zu sehen, weil ich ihn um zum Beispiel einen Tag verschoben habe.«

»Ja, ich verstehe, das klingt sehr hypothetisch, da müsste man eine Zeitmaschine besitzen, um das bewerkstelligen zu können.«

»Stimmt, aber es sind ja nur theoretische Berechnungen.«

Sicherheitshalber wusste außer Irene und seinem alten Studienkollegen und engen Freund Arnold niemand etwas von seiner revolutionären Erfindung, war niemand informiert, dass er exakt so eine Zeitmaschine entwickelt hatte.

»Und jetzt ist mir aufgefallen, dass gerade bei Berechnungen im vierdimensionalen Raum etwas anders ist als in allen anderen Dimensionen. Und zwar, wenn man eine Tangente an eine Kurve legen möchte, dann gibt es bei der Berechnung, wie steil diese Tangente ist, Schwierigkeiten. Und interessanterweise nur im vierdimensionalen Raum. Weder im zweidimensionalen, also im Schulheft, gibt es Probleme, wenn man eine Kurve aus Draht bastelt und von der Zimmerdecke herunterhängen lässt, sich also im dreidimensionalen Raum befindet, ebenfalls kein Problem, sogar bei noch mehr Dimensionen funktioniert alles, nur im vierdimensionalen Raum tauchen Schwierigkeiten auf.«

»Ja, das ist korrekt, Simon Donaldson hat vor Jahren als vierundzwanzigjähriger Oxford-Student bewiesen, dass nur im Vierdimensionalen eine andere Möglichkeit der Steigungsberechnung oder, wie es allgemein heißt, der Differenzierbarkeit existiert. Das Ergebnis erschütterte die mathematische, aber vor allem die physikalische Fachwelt.«

»Oje – vielen Dank – dann muss ich nochmals meine Berechnungen durchsehen! Also, wir sehen einander in den nächsten Tagen auf der Uni!«

Damit legte er auf, im vollen Bewusstsein, dass eine Kleinigkeit, nur eine Bagatelle, aber eine wesentliche, an seiner Maschine geändert werden musste, damit sie perfekt funktionierte. Im momentanen Zustand bestand die Gefahr, dass bei der zeitlichen Verschiebung eines Gegenstandes die Erde auf ihrer Bahn in einem Winkel getroffen wurde, der den Gegenstand reflektieren ließe wie eine Billardkugel an der Bande des Billardtisches, dieser Gegenstand immer weiterflöge, zwar immer wieder auf die Erde träfe, dort aber jedes Mal abprallte, bis er schließlich nach vielen Reflexionen, nach insgesamt ein paar tausend Jahren in die

Zukunft oder in die Vergangenheit unterwegs wäre, bevor er zum Stillstand käme. Auch wenn diese gesamte Reise nicht einmal eine Sekunde dauerte, so wäre doch das Ziel, der gewünschte Zeitpunkt, verfehlt.

14

»Sehr geehrte Damen und Herren, ich danke Ihnen, dass Sie sich heute Abend hier versammelt haben, denn ich habe Ihnen wesentliche Erkenntnisse in den beiden Mordfällen mitzuteilen!«

Major Witwar, der ganz gerne vor einer großen Menschenmenge Ansprachen hielt, hatte alle Mitglieder des Pen-Klubs, aber auch betroffene Hotelangestellte und Herrn Kaiser aufgefordert, in den Speisesaal des Hotels zu kommen.

»Gestern wurden hier zwei Leichname aufgefunden. Handelt es sich um zwei Morde, um zwei Täter, das war die Frage. Zwischenzeitlich konnte eindeutig geklärt werden, dass es sich im Falle des Todes von Herrn Bracha um Selbstmord handelt, im Falle von Frau Roswitha um Mord. Den Grund für den Selbstmord werden wir zu eruieren versuchen, und ob der Mord mit den seltsamen Briefen zusammenhängt, werden wir auch herausbekommen.«

Nach kurzer Pause, in der er überlegte, ob die Paradoxonbriefe nicht nur ein bewusstes Ablenkungsmanöver des Mörders gewesen waren, fuhr Witwar fort: »Sie wissen, dass sich Ihr Kollege, Herr Schermayr, seit er die schriftliche Morddrohung gelesen hat, bis jetzt nicht mehr aus dem Hotelzimmer gewagt hat.«

Christian, der offensichtlich seinen Humor nicht verloren hatte, sagte mit einem gewissen Ernst in der Stimme, aber wohl mehr, um sich selbst zu beruhigen: »Tot zu sein ist sicher nichts Unangenehmes – und bekanntlich gilt: Wer früher stirbt, ist länger tot.«

Der Major horchte konzentriert zu, ging aber nicht weiter darauf ein: »Möchte irgend jemand noch etwas hinzufügen, so ersuche ich ihn, mit mir in das Nebenzimmer zu kommen, die anderen warten hier dann noch, bis ich wiederkomme. Ich bitte jetzt Herrn Alex Wolf, mich zu begleiten.«

Als sie allein waren, kam der Major gleich zur Sache: »Herr Wolf, haben Sie den Abend gemeinsam mit Frau Roswitha verbracht?«

»Nun, ein Gentleman genießt und schweigt!«

»Das ist eine sehr vornehme Einstellung, aber es geht hier um Mord, also waren Sie mit der Verstorbenen an ihrem letzten Abend noch zusammen?«

»Na gut, ja! Bei uns hat es vom ersten Moment an gefunkt, das habe ich gespürt – Sie sind ja auch ein Mann, so etwas merkt man einfach! Am Tag haben wir nett geplaudert, sie hat ein bisschen auf distanziert getan, um wahrscheinlich vor den anderen den Schein zu wahren, aber am Abend hat sie mich heimlich in ihr Zimmer gewunken. Und dort, nun, dort, sagen wir mal, war es sehr, sehr nett!«

»Okay! Wann haben Sie Frau Roswitha verlassen?«

»Es war wohl kurz nach Mitternacht!«

»Ist Ihnen irgendetwas Verdächtiges aufgefallen, in ihrem Raum oder im Gang, als Sie zu Ihrem Zimmer gingen?«

»Nein, nichts!«

»Gut, ich sehe, Sie sind ehrlich. Wir haben nämlich DNA-Spuren von Ihnen am Leichnam von Frau Roswitha gefunden. Gibt es noch irgendetwas, was Sie mir sagen wollen?«

»Nun, äh, na ja, die Würgemale, die könnte sie von mir haben. Wir standen nämlich beide auf, ähem, nun ja, Fesselspielchen.«

»Oh, das ist interessant! Wenn das alles war, dann gehen wir wieder hinüber zu den anderen!«

Dort forderte der Major alle auf, sich an Details zu erinnern, die die beiden Toten in Gesprächen von sich gegeben hatten.

Schermayr bemerkte: »Keine Aussage ohne Rechtsanwalt!« – und lachte unterdrückt auf.

»Ganz im Ernst«, meinte Karin Winter, »mir fiel auf, dass Herr Bracha sehr auf Erbanlagen schimpfte, nämlich in dem Sinne: Wie kommt ein gesund lebender Mensch, der auf seinen Körper in puncto Ernährung und Bewegung achtet, dazu, krank zu werden, nur weil seine Vorfahren ihm derartige Gene vererbt hatten?«

Major Witwar hörte aufmerksam zu. Dann zog er laut seine Schlüsse.

»Augenscheinlich hat also Herr Bracha Selbstmord begangen, weil er krank war, unheilbar krank, und zwar, weil er an einer Erberkrankung litt. Weiters schließe ich daraus, dass es sich um eine Krankheit handelte, die offensichtlich zu großen Schmerzen führt, denn nur so ist zu erklären, dass ein Mensch den Freitod vorzieht. Ich werde anordnen, bei der Obduktion auf diverse diesbezügliche Krankheitsbilder ein Hauptaugenmerk zu legen. Und was den Mord an Frau Roswitha angeht, so verfolgen wir bereits einige sehr heiße Spuren, da wir interessante Zeugenaussagen erhalten haben.«

Der Major log bewusst, um den Täter, sollte er sich in dieser Runde befinden, sollte er jetzt gerade unter den Zuhörern sein, zu verunsichern, vielleicht zu einem Fehler zu verleiten. Witwar wusste sehr wohl, dass er nicht die geringste Spur hatte. War es jemand aus dem Hotel, einer der Gäste oder irgendein Mensch, der Roswitha nicht leiden konnte, vielleicht nur ein ertappter Hoteldieb, aber dann müsste sie ihn gekannt, müsste ihn erkannt haben, sonst hätte sie nicht das »T« auf den Boden geschrieben.

15

Am nächsten Vormittag trafen der Major und Dr. Krifer gleichzeitig bei Markus Höfler ein, der sie freundlichst begrüßte: »Nehmt Platz und dann hört bitte, wozu mich meine Schwester überredet hat. Sie hat von der Rezeptionistin des Hotels, einer ehemaligen Schulfreundin, mit der sie seit der gemeinsamen Ausbildungszeit eine enge Freundschaft verbindet, erfahren, dass Herr Bracha an einer noch nicht identifizierten Krankheit verstorben ist, und ...!«

Der Major unterbrach ihn: »Ja, das habe ich gestern behauptet, aber mittlerweile habe ich die Befunde aus unserem Labor, und es sind keinerlei Anzeichen für irgendeine körperliche Erkrankung vorhanden!«

»Aha, es könnte sich also um eine mentale Sache handeln«, lenkte Krifer auf sein Metier um, »aber auch etwas Erbliches, da er offensichtlich wusste, dass es ihn bald treffen würde.«

Markus Höfler ergriff nach kurzem Nachdenken, nach schnellem Verarbeiten und geistigem Einordnen dieser Information wieder das Wort: »Nun, was ich euch jetzt mitteile, muss bitte unter uns bleiben! Ich habe hier im Nebenraum eine Maschine, die imstande ist, Materie, seien es jetzt Gegenstände oder Lebewesen, durch die Zeit reisen zu lassen!«

Krifer zweifelte: »Das kann ich nicht glauben, wie soll das funktionieren? Die Zeit ist ein gerader Strahl, umkehren geht nicht! Man kann sich vielleicht in Tiefschlaf versetzen lassen, den Alterungsprozess für diese Zeit ausschalten, in der Zukunft erwachen, aber dann gibt es kein Zurück!«

»Die technischen Details kann ich euch jetzt nicht erklären, dazu wäre ein Studium der Technischen Physik notwendig und, um ehrlich zu sein, selbst Absolventen dieser Studienrichtung würden nicht auf Anhieb alles detailliert verstehen!«

Der Major war begeistert: »So wahr ich Gerald Witwar heiße, das ist genial! Wenn das wirklich stimmt, dann kann man durch die Zeit rückwärts reisen und Verbrechen beobachten, ja Morde und Diebstähle, Vergewaltigungen verhindern, Räuber an ihrer geplanten Tat hindern! Wundervoll!«

Höfler lenkte ein: »Das habe ich mir am Anfang auch gedacht, selbstverständlich auch an das bekannte Paradoxon, dass man seinem Vater zu einem Zeitpunkt begegnet, bevor er einen zeugt, mit ihm in Streit gerät, ihn umbringt und daher nie gezeugt wird, daher auch nicht zurückreisen und ihn töten kann, weswegen man also doch gezeugt wird, und so weiter. Diese Eingriffe sind natürlich nur ein kleines Problem, klar darf man keinen Einfluss auf Ereignisse nehmen, sich bestenfalls als stiller Beobachter verhalten. Bedenkt, wenn ihr ein paar Jahrtausende zurückreist und einen Menschen tötet, der zwischenzeitlich vielleicht ein paar hundert Nachkommen hat, wie der gesamte Lauf der Geschichte verändert wird. Natürlich ist es auch reizvoll, zurückzureisen und, sagen wir, Hitler zu liquidieren, doch würde dann nicht höchstwahrscheinlich ein anderer Mann kommen, der Ähnliches macht und trotzdem hätten wir eine ganz andere Gegenwart, vielleicht ohne euch und ohne mich, weil unsere Vorfahren im Krieg gestorben wären. Hindert man einen Räuber an seiner Tat, dann wird eben ein paar Tage oder vielleicht nur Stunden später ein anderer sein Opfer sein, Das heißt, man müsste wieder zurückreisen, nämlich zu diesem Punkt und so weiter.«

»Ja, aber man könnte zumindest zusehen und das Verbrechen klären!«

»Schon, allerdings greift man eventuell auch damit in den Ablauf der Geschichte ein, da vielleicht geplant gewesen wäre, dass dieses Vergehen ungesühnt bleibt und der Täter noch Wesentliches und Gutes für die Menschheit leistet, was er im Gefängnis wahrscheinlich nicht tun kann.«

»Aber was hast du jetzt geplant?«

»Nun, meine Schwester hat mich mit folgendem Argument weichgeklopft: Wenn man herausfindet, an welcher Krankheit Herr Bracha litt, kann man zu dem Tag seines Selbstmordes reisen und ihn aufklären und an seiner Tat hindern, indem man ihm Heilung verspricht!«

»Aber auch dadurch wird doch etwas im Ablauf der Geschichte geändert!«

»Ja, aber Irene hat mich überzeugt, dass die einzigen wesentlichen Veränderungen im Leben von Herrn Bracha stattfinden werden, dass wir weder die Vergangenheit noch die Gegenwart ändern und dass dieser eine gute Mensch in Zukunft sicher nur positiven Einfluss auf die Menschheit ausüben wird. Außerdem war es ja kein Mord, also eine Handlung, an der noch ein weiterer Mensch beteiligt war, sondern Selbstmord.«

»Ja, aber falls sie ihn heiratet, werden sie Kinder haben und diese oder deren Nachkommen werden die Geschichte der Erde mitbestimmen!«

»Na und, sonst würde Irene mit einem anderen Mann eine Familie gründen oder Kinder adoptieren! Jedenfalls haben wir aus den verschiedenen Indizien, die Herr Bracha während der Gespräche gegeben hat, geschlossen, dass es das Beste ist, seine Vorfahren zu beobachten oder eventuell sogar zu untersuchen.«

Der Major und der Psychiater saßen sprachlos da, während Markus Höfler fortfuhr: »Unsere Idee ist, dass ihr beide in die Vergangenheit reist, genau ins Jahr 1913. Dort werdet ihr euch unauffällig verhalten und versuchen, einen Großvater oder Urgroßvater von Herrn Bracha zu finden, der unter einer Krankheit leidet, mit dem Arzt ins Gespräch zu kommen und mit der Diagnose zurückzureisen!«

Nach einigen Minuten absoluter Stille, nach einer Weile fassungslosen Schweigens blickten die beiden Herren einander an, dann richtete Dr. Krifer das Wort an den Wissenschafter.

»Gibt es überhaupt schon Erfahrungswerte bei den Zeitreisen? Wie kommt man wieder zurück? Was ist, wenn etwas schiefgeht?«

»Also zuerst mal zur einfachen Frage: Zurück kommt man natürlich auch nur mit einer Zeitmaschine. Ich habe zwei Exemplare und schicke das zweite sofort zu den gleichen Koordinaten nach. Das heißt, ihr müsst unmittelbar nach eurer Ankunft ein paar Schritte zur Seite gehen. Erfahrungswerte habe ich schon Dutzende, ich muss aber gestehen, keine mit Reisen in die Vergangenheit, allerdings mit solchen in die Zukunft. Ich habe sowohl Gegenstände aus meiner Wohnung wie auch Lebewesen, begonnen mit einem Schmetterling, meiner Schildkröte Orgina bis zu meiner Miezekatze Eligi in die Zukunft geschickt. Die Zeitabstände waren zwischen ein paar Stunden bis ein paar Wochen, und alle sind wieder unbeschädigt und bei bester Gesundheit zum gewünschten Zeitpunkt erschienen.«

Nach kurzem allgemeinem Schweigen fuhr Höfler fort: »Meine Herren, falls ihr bereit seid, die ersten Zeitreisenden der Geschichte zu werden, dann treffen wir einander morgen, um 10.00 Uhr Vormittag, hier bei mir. Euer Reiseziel ist beim ehemaligen Taubenmarkt. Das Haus, das ich ausgesucht habe, in dem jetzt unten das Schnellimbissrestaurant ist, stand bereits um 1913 und hat die Linzer Filiale der Wiener Unionbank beherbergt. Ihr reist so, dass ihr am Sonntag, den 8.6.1913, um 10.00 Uhr Vormittag dort ankommt, es wird geschlossen sein. Eure Aufgabe ist es, die Zeitmaschine im Gebäude gut zu verstecken und euch Montagfrüh unter die Kunden zu mengen und das Haus unbemerkt zu verlassen!«

»Ich glaube, ich kann für uns beide sprechen«, ergriff der Psychiater das Wort, »wir haben ein ungutes Gefühl dabei, aber wir sind einverstanden!«

Major Witwar nickte, stimmte mit nachdenklichem Blick ebenfalls zu.

16

Den Nachmittag verbrachte Krifer noch damit, seine Termine für die nächsten Tage abzusagen, Patienten zu vertrösten, bis ihm auffiel, auf einmal klar wurde, dass er sich ja, auch wenn er sich noch so lange in der Vergangenheit aufhielt, nur für ein paar Sekunden aus der Gegenwart entfernte und eigentlich keinen Termin hätte verschieben müssen. Bei seiner Rückreise würde er einfach der Maschine als Zeitpunkt den Abreisetag und als Uhrzeit 10.01 Uhr einstellen. Dann war er anscheinend nur eine Minute fort, nur läppische 60 Sekunden in der Gegenwart nicht anwesend, wie lange er auch weg war. Eine Frage beschäftigte ihn: Würde er selbst in dieser Zeit nur um eine Minute altern oder auch um die Zeit, die er in der Vergangenheit verbracht hatte?

Den Abend verbrachten der Major und Krifer mit Markus und Irene im Hotel, sie saßen gemeinsam an einem Tisch mit Karin Winter, Elisabeth Riedl, Christian Schermayr und Alex Wolf, diskutierten ein bisschen über Politik und die Tagesgeschehnisse, keiner sprach von den Morden, von den Verstorbenen.

»Was ich nicht verstehe«, ergriff Elisabeth Riedl das Wort.

»Bitte nur ein Thema!«, unterbrach Schermayr mit seinem gewöhnungsbedürftigen Humor. »Wir können jetzt nicht auf alles eingehen, was du nicht verstehst!«

»Ja, sehr lustig, ha, ha – also, was ich nicht verstehe, ist, dass es immer noch viele Hundebesitzer gibt, die den Hundekot nicht von Straße und Gehsteig wegräumen. Meine Kinder müssen ja den Meerschweinchenkäfig auch einmal in der Woche gründlich säubern, Katzenbesitzer reinigen täglich das Kistchen ihres Vierbeiners. Der Hund ist das einzige domestizierte Tier, dessen Fäkalien überall herumliegen dürfen. Die Fußgänger steigen hinein, es trocknet aus, der Wind verträgt es, wir atmen den Dreck ein, nicht einmal in den Wiesen in Parks können Kinder unbeschwert herumlaufen, überall muss man aufpassen. Und die Politiker fürchten um Wählerstimmen und sind zu feige, rigoros durchzugreifen!«

»Ja«, stimmte der Major zu, »sehen Sie, die Polizei kann sich nicht auch noch darum kümmern. Bei den vielen Diebstahlsanzeigen und Einbrüchen, die in den letzten Monaten verübt wurden, benötigen wir bereits tausende Stunden, nur um die Protokolle anzufertigen, und aufklären wollen wir diese Fälle ja auch, was etwa im Falle von ausländischen Banden sehr schwierig ist. Aber Sie haben Recht, wenn man ein paar Monate lang rigoros strafen würde, würden auch die Menschen, die sich jetzt noch weigern, den Kot ihrer Lieblinge wegräumen. Man muss einfach bedenken, wenn man einen Hund kauft, dass das dazugehört! Warum sollte auch der Hund als einziges domestiziertes Tier sein Geschäft im Freien verrichten, ohne dass der Besitzer für Sauberkeit sorgen muss? Sind die Tauben ja schon schlimm genug.«

»Die Stadtpolitiker werden sich noch wundern«, gab Schermayr seinen Senf dazu, »denn, wie sagte Karl Farkas: ›Ein Politiker muss mit der Zeit gehen, sonst muss er mit der Zeit gehen!‹. Und da ich immer mehr Hundebesitzer sehe, die den Dreck entfernen, die Nichthundebesitzer sich ohnedies aufregen, wird die Anzahl der Wähler, die Sauberkeit haben wollen, immer größer!«

Nach einer kurzen allgemeinen Pause ergriff Karin Winter das Wort: »Das Problem ist, dass jeder Mensch auf seine Weise ein bisschen das Gesetz übertritt, nicht begreift, dass ein Zusammenleben in einer Gesellschaft nur durch Rücksichtnahme und eben Einhaltung von Vorschriften möglich ist. Der eine geht bei Rot über die Kreuzung, der andere missachtet beim Fahren mit voller Absicht einen Vorrang, der Nächste wirft eine Zeitung oder eine Bierdose in die Wiese, jeder macht sich ein bisschen eigene Regeln und regt sich maßlos über die anderen auf, die Vorschriften missachten, die er selbst schon einhält. Wie heißt es so schön: ›Nobody is perfect!‹«

»My name is Nobody!«, konnte sich Schermayr natürlich nicht verkneifen, einzuwerfen.

»Ha!«, lachte Elisabeth Riedl. »Jetzt fällt mir mal was Blödes dazu ein: Putin und Obama veranstalten ein Wettrennen, Obama gewinnt haushoch, am nächsten Tag steht in den russischen Zeitungen über das Rennergebnis: Putin erreichte den guten, zweiten Platz, während Obama nur Vorletzter wurde! Nun, so viel zur Berichterstattung in den Zeitungen!«

Markus Höfler wandte sich an Alex Wolf: »Herr Wolf, Sie sind den ganzen Abend über so schweigsam, haben Sie nichts dazu zu sagen?«

»Nun ich denke, …«

»Ha, auch ein lustiger Witz!«, fiel ihm Schermayr ins Wort.

»Ich war noch nicht fertig!«, sagte Wolf mit ernster Stimme. »Also, ich denke, dass wir Menschen nur aus einem Grund handeln, nämlich, um uns besser zu fühlen. Warum bleibe ich nicht einfach hier sitzen und rühre mich nicht? Weil ich mich wohler fühle, wenn ich herumgehe, etwas sage, etwas esse oder trinke. Ich muss das machen, weil ich Hunger habe, weil ich gerne die Aufmerksamkeit auf mich ziehe oder aus irgendeinem anderen Grund, der letztlich meine Gefühle jetzt verbessert. Wenn ich Sex brauche, dann suche ich die Gelegenheit, wenn mich ein Mensch stört, dann meide ich seine Gegenwart, kann ich nicht aus, versuche ich, ihn zu vertreiben oder anders wie loszuwerden.«

»Wie meinen Sie das?«, fragte der Major sofort nach.

»Nun, nicht im Sinne eines Mordes, falls Sie das meinen, sondern vielleicht, indem man sich über ihn lustig macht, eine für ihn unangenehme Atmosphäre schafft oder so!«

Die ganze Runde sah irgendwie betreten aus und schwieg. Keiner blickte auf den anderen, jeder richtete seinen Blick auf einen Punkt zu seinen Füßen, dachte nach, war betroffen, bis nach und nach alle aufstanden und mit einer leisen Verabschiedung in ihre Zimmer gingen.

»Na, das war ja ein interessanter Abend!«, bemerkte Major Witwar zu seinen beiden Freunden. »Jetzt sollten wir aber auch gehen. Morgen Vormittag, Markus, zur verabredeten Zeit, kommen Franz, unser Psychiater, und ich zu dir!«

17

Markus Höfler wartete bereits voller Ungeduld auf seine zwei Freunde, die eigentlich eine Art Versuchskaninchen waren, denn er hatte ja noch nie Menschen auf eine Zeitreise geschickt, und wenn, dann hätte er gerne zuerst einen viel kürzeren Zeitraum ausprobiert. Wie wirkte sich die Translation auf den Körper aus, auf den Kreislauf, wie käme man in der anderen Epoche zurecht? Die Kleidung konnte man anpassen, er hatte für die beiden Männer frühmorgens im Linzer Landestheater angerufen und sich entsprechende Kostüme ausgeborgt.

Als Major Witwar und Dr. Krifer schließlich eintrafen, erklärte Höfler noch mal in kurzen Worten, was zu beachten war.

»Also, ihr zieht diese beiden Anzüge an, die der Mode von damals entsprechen, Geld konnte ich nicht auftreiben, daher nehmt bitte diese beiden kleinen Säcke mit österreichischen Golddukaten mit – Gold hat immer einen Wert gehabt. Die Uhren und alles, was damals noch nicht erfunden war, zum Beispiel diese modernen Kugelschreiber, müsst ihr da lassen, um nicht aufzufallen. Über eure Anzüge und alles, was ihr in den Taschen habt, Gold, Notizpapier, Bleistift, Taschentuch, zieht dann bitte die lichtempfindlichen, sagen wir, Reiseoveralls an. Vorher habe ich noch einige Hilfsmittel für euch: Hier bekommt jeder einen Elektroschocker, für den Fall, dass ihr in Streitereien verwickelt werdet, dürft ihr ja niemanden töten oder verletzen, da dies eventuell nachhaltige Veränderungen mit sich ziehen würde, aber gegen eine kleine, schmerzlose Betäubung ist nichts einzuwenden, weiters einen wissenschaftlichen Solartaschenrechner mit Potenzfunktion, trigonometrischen und logarithmischen Funktionen, für jeden ein Funksprechgerät für den Fall, dass ihr euch aus den Augen verliert und schließlich hier ein paar Injektionen für örtliche Betäubungen, falls ihr euch verletzt sowie Penicillintabletten gegen akute Ansteckungen sowie einen kleinen Sack aus dem Spezialstoff, für den Fall, dass ihr noch etwas aus der Vergangenheit mitnehmen müsst.«

Gehorsam folgten die beiden den Anweisungen.

Dann fuhr Höfler fort: »Wenn ihr angekommen seid, wisst ihr, was zu tun ist! Dann also gute Reise, wenn ich mal so sagen darf. Ah ja, schaut, dass ihr jemanden findet, der euch in die Gegenwart schickt, und stellt die Zielzeit auf 13.00 Uhr ein, dann seid ihr also jetzt in drei Stunden zurück.«

Witwar tat auf höflich: »Nach dir, Doktor!«

Doch Krifer sagte nur: »Ich habe auch Angst, ich verstehe dich, aber wir werden jetzt nicht herumdepperln, sondern zack, zack machen, Kamerad. Oh, jetzt höre ich mich schon an wie mein Oberstleutnant in Kaisersteinbruch. Nein, passt alles – also, ich zuerst! Wir sehen einander gleich wieder.«

Krifer stellte sich vor die Maschine. Der Major ging sicherheitshalber in Deckung, als Höfler auf einen der Knöpfe an der Maschine drückte. Ein greller Blitz erleuchtete kurz den Raum, und Krifer war verschwunden. Der Blitz erinnerte den Wissenschafter an das Erlebnis, das er kürzlich hatte, als er einen ebensolchen in seinem Labor sah, unmittelbar nachdem er vom Einkauf zurückkam. Der Blitz taucht offensichtlich nur bei Reisen in weiter entfernte Zeiten auf, dachte er bei sich.

»Gerald, du hast kürzlich von einer vermissten Person erzählt, heißt diese zufällig …«

»Bitte, jetzt nicht!«, ersuchte der Major leicht nervös.

»Okay! Dann geht's los!«

Abermals drückte Höfler den Knopf und wieder verschwand die anvisierte Person in einem grellen Blitz. Schließlich wickelte er seine zweite Zeitmaschine umsichtig in den notwendigen Reisestoff, legte sicherheitshalber noch eine Gebrauchsanweisung bei und sandte sie ebenfalls in das Jahr 1913.

In drei Stunden werden sie wieder da sein, wenn alles funktioniert, dachte Höfler. Also hoffentlich klappt alles. Sie werden ja sicher zwei bis drei Tage dort sein. Schade, dass ich nicht auch mitgereist bin, aber falls es irgendwelche Schwierigkeiten gibt, ist es wohl besser, ich habe mein Labor zur Verfügung.

Dann ging er zum Telefon und versuchte, seinen Freund Arnold zu erreichen. Dessen Mutter ging an den Apparat und erzählte dem Freund ihres Sohnes, dass es wirklich Arnold war, der vermisst wurde. Markus erinnerte sich an den Blitz, den er kürzlich im Labor wahrzunehmen glaubte.

Plötzlich wurde er nervös.

Falls Arnold mittels der Zeitmaschine verschwunden ist, könnte dies gefährlich sein, sehr gefährlich, dachte er. Ich muss jedenfalls nachrechnen, wo er gelandet sein könnte, weil ich ihm dann einen weiteren Apparat mit Anleitung nachsenden muss. Die Koordinaten sind in meiner Maschine gespeichert, das ist also kein Problem. Also, auf geht's, an die Arbeit!

18

»Hallo, Major, ich heiße dich herzlich willkommen im Jahr 1913! Genau genommen am 8. Juni 1913. Warte, hier auf dem Schreibtisch ist ein Kalender, das letzte Blatt zeigt den 7. Juni 1913. Das wird stimmen, heute ist Sonntag. Der Angestellte hier hat das Kalenderblatt noch nicht abgerissen. Man sieht also, damals wurde am Samstag in den Büros noch gearbeitet.«

»Sieh mal diese schönen, schwarzen Schreibtische, die hatten noch Persönlichkeit, nicht einfach ein paar zusammengeklebte Bretter, wie man sie heute von den großen Möbelhäusern angeboten bekommt. Ich bin sicher, wir werden viele Dinge sehen, Uhren oder andere alte Mechaniken, die in unserer Zeit einen riesigen Sammlerwert besitzen.«

Mit einem mittellauten Plopp, einem sanften Schnalzer erschien plötzlich mitten im Zimmer die in ihren Dimensionen an einen Geschirrspüler erinnernde Zeitmaschine.

Die beiden suchten das Stockwerk des Bürogebäudes nach einem brauchbaren Versteck, nach einem Aufbewahrungsort für die Zeitmaschine ab, an dem sie unentdeckt bleiben würde, und entschieden sich für die hintere Ecke des Materiallagers, wo desolate Schreibtische, aber auch Papier und Akten gelagert wurden. Unter der Zeitmaschine versteckten sie ihre Spezialoveralls.

Den Rest des Abends plauderten sie über ihre Fachgebiete. Den Major interessierte, ob man auch nach Krifers Meinung viele Verbrechen verhindern könnte, wenn man Menschen rechtzeitig in Therapie schickte.

»Schau, Gerald«, nahm Krifer dazu Stellung, »das Wichtigste ist, dass Eltern psychisch gesund sind, denn sonst übertragen sie ihre Defekte auf ihre eigenen Kinder, und glaube mir, es gibt wirklich wenige, die die Störungen, die sie selbst in ihrer Jugend mitbekommen haben, verarbeitet haben.«

»Ja, da stimme ich dir zu, für alles muss man Prüfungen ablegen, nur für das Wichtigste, das Elternsein nicht!«

»Genau so ist es! Dadurch würden dann sicher viele Verbrechen erst gar nicht stattfinden.«

»Ich schlage vor, wir rasten uns jetzt ein bisschen aus, ich habe ein Zimmer gesehen, in dem eine Couch steht, am besten, wir legen uns abwechselnd hin, damit wir ja nicht verschlafen.«

Ein paar Stunden später, als sich beide etwas erholt hatten, nachdem sie leidlich geruht hatten, gingen sie in die Angestelltentoilette, wuschen sich etwas und spazierten dann die zwei Stockwerke hinunter in die Halle, wo der Kundenverkehr gerade begonnen hatte. Ohne weiter aufzufallen, ohne Aufmerksamkeit auf sich zu ziehen, verließen sie das Gebäude und blieben fürs Erste sprachlos stehen. Pferdefuhrwerke, Buben in Matrosenanzügen, offensichtlich auf dem Weg zur Schule, Herren, trotz sommerlicher Temperaturen in Anzug und Gilet, einfach gekleidete Frauen vor ihren Geschäften, vornehmst ausgestattete Damen mit Schirmchen – eine Flut an Eindrücken, eine beinahe neurotisierende Sinnesüberwältigung paralysierte die beiden Männer.

»Jetzt sollten wir etwas frühstücken und uns dann auf die Suche nach einem Bracha machen!«, versuchte der Major, praktisch zu handeln.

»Gute Idee – bekanntlich macht Reisen ja hungrig, und durch die Zeit zu reisen, macht offensichtlich besonders hungrig!«

»Dort in der Greislerei auf der Promenade werden wir Brot und Obst kaufen; und das Beste ist, alles ist vollwertig, Bio, denn was Anderes gibt es gar nicht. Kunstdünger, Pestizide – wurde alles noch nicht verwendet.«

»Dabei fällt mir ein, dass wir unbedingt Wein trinken müssen – ich habe es nämlich satt, immer Wein zu trinken, der aus Trauben hergestellt wurde, die voll mit Schädlingsbekämpfungsmitteln sind, und das sind ja alle, auf denen nicht Bio steht. Ach, und wieder mal ein Schweinsschnitzel essen, von einem Tier, das nicht mit Antibiotika großgezogen wurde.«

Witwar unterbrach die Schwärmerei des Psychiaters: »Lieber Franz, darf ich dich erinnern, dass wir nicht hier sind, um kulinarische Spezialitäten zu genießen, sondern mit einer sehr wichtigen Mission betraut wurden?«

Das Frühstück, das sie mit einer kleinen Goldmünze bezahlten, für die sie noch etliches Retourgeld erhielten, verzehrten sie, während sie an einem Taubenmarkt vorbeigingen, dann bogen sie in die Herrengasse, wo sie ein Dienstmädchen mit vielen Taschen sahen. Krifer, der ein großer Freund der Damenwelt war, bot seine Dienste an: »Gnädigste, darf ich mir erlauben, Ihnen tragen zu helfen!«

Doch das Mädchen lachte nur: »Aber ich bin doch keine Gnädigste! Nein, nein, es geht schon. Wissen S‘, heuer hat die Herrschaft, nämlich der Hermann Bahr, seinen 50. Geburtstag, und da sind das ganze Jahr über Feiern! Da haben wir halt viel zu tun, aber es fällt auch das eine oder andere Trinkgeld ab! Auf Wiedersehen jetzt aber, ich hab‘s eilig!« Sprach es und betrat das dreistöckige Haus mit der Nummer 12 durch das braune Tor.

»Wohin gehen wir eigentlich?«, versuchte Krifer, ein bisschen System in ihre Handlungen zu bringen.

»Nun, zuerst dachte ich, wir gehen zu meinen Kollegen, wenn ich so sagen darf, einem hiesigen Polizisten, doch befürchte ich, dass wir durch irgendetwas ungewollt Aufsehen erregen, eine Kleinigkeit, die wir übersehen haben. Also besser nicht. Wir könnten ins Rathaus gehen oder in die Schule, vielleicht geht ja gerade ein Bracha dorthin, und wenn nicht, die Lehrer kennen sicher alle, so groß ist Linz ja nicht.«

Da Krifer dies für eine gute Idee hielt, die Überlegung seines Partners für zielführend, für brauchbar hielt, machten sie sich also auf zu der Schule. Groß prangte ein Schild am Tor »Bürgerschule für Mädchen«.

»Also eigentlich suchen wir ja einen männlichen Vorfahren«, bemerkte Krifer, »denn vielleicht ist es eine Krankheit, die an das Geschlecht gekoppelt ist.«

»Egal, wenn wir schon hier sind, fragen wir hier nach!«

Sie betraten den ersten Stock des Gebäudes, die Etage, in der sich üblicherweise die Schuldirektion befand. Es war in allen Räumen so ruhig, dass sie kurz dachten, dass vielleicht unterrichtsfrei war, doch schien im Jahr 1913 eine andere Disziplin geherrscht zu haben als heute.

»Hörst du, wie ruhig es in den Klassen ist, jetzt frage ich dich, liegt es daran, dass die Lehrer ihre Schüler schlagen durften oder einfach daran, dass Kinder vor Erwachsenen Respekt hatten?«

Krifer antwortete nicht. Er hatte schon oft über die antiautoritäre Erziehung nachgedacht, über allzu kumpelhafte Eltern, und war immer zu einem negativen Ergebnis gelangt. Was ihn besonders beunruhigte war, dass im Jahr 2009 bereits die erste selbst antiautoritär erzogene Elterngeneration als Erzieher fungierte.

In der Direktion angekommen, sahen sie den Direktor, dessen Aussehen mit Vollbart und Zwicker nur als ehrwürdig bezeichnet werden konnte, neben ihm saß, in ein angeregtes Gespräch vertieft, der Priester, der offensichtlich hier als Religionslehrer arbeitete.

»Verzeihen Sie die Störung, werte Herren!«, begann Krifer, sehr bemüht, eine Höflichkeit, von der er annahm, dass sie zeitgerecht war, durchklingen zu lassen. »Wir kommen von weit her und sind auf der Suche nach einer Familie Bracha. Könnte uns vielleicht einer der Herren weiterhelfen?«

»Bracha? Aber natürlich, der Sohn hat letztes Jahr die Schule beendet! Aber nicht hier, sondern in der Schule in St. Peter, denn hier unterrichten wir nur Mädchen. Der Herr Direktor und ich sind die einzigen Männer in dieser Anstalt«, antwortete der Religionslehrer. »Nun, da ich Sie nicht kenne, möchte ich Ihnen die Privatadresse der Familie nicht geben!«

»Ah«, dachte der Major, schon damals waren Menschen so geistesgegenwärtig, Datenschutz zu betreiben.

»Aber«, fuhr der Priester fort, »Sie können den Vater zu Mittag in der Prunerstraße treffen, wo unsere Volksküche ist.«

»Vielen Dank! Aber sagen Sie mal, Volksküche, das klingt ja nach sehr armen Verhältnissen?«, hakte der Major nach.

»Ja, selber schuld! Bis vor kurzem konnte er noch, so oft er wollte, im Gasthaus ›Zum goldenen Hirschen‹ speisen, Sie haben vielleicht schon davon gehört, dort wurde vor 22 Jahren der Sozialdemokratische Landesverein von Oberösterreich und Salzburg gegründet. Aber jetzt hat er alles verspielt, sein Erspartes und sein Grundstück. Er wohnt jetzt mit seiner Familie in der Dimmelstraße, wo die Allgemeine Sparkassa vor etwas weniger als zwanzig Jahren Arbeiterhäuser errichten ließ.«

Sie verabschiedeten sich und machten sich auf zur Prunerstraße, wo sie sich an einen der langen Holztische gleich neben einem schattenspendenden Baum in den Garten der Volksküche setzten.

Nach und nach kamen immer mehr Menschen und besetzten die zahlreichen Plätze im Garten und im Speisesaal – da Selbstbedienung war, wurden Krifer und Witwar nicht weiter beachtet.

Sie fragten am Tisch, ob vielleicht einer der Herren Bracha hieße, doch allgemeines Kopfschütteln war die Antwort. »Wissen S', hier sind hauptsächlich Arbeitslose, Leute, die in der Kleinmünchner Spinnerei keinen Platz bekommen haben und auch beim Bahnbau nicht genommen wurden, wir haben keine Namen und wenn, dann nur Vornamen!«

»Aha, den Vornamen wissen wir aber nicht!«, antwortete Krifer dem freundlichen, einfachen Mann.

Schließlich hatte der Polizeimajor eine Idee. Er schrieb mit Bleistift den Namen »Bracha« auf ein Blatt Papier, befestigte dieses an einem kleinen Zweig und ging damit durch das Lokal. Dabei rief er dauernd: »Herr Bracha, bitte! Herr Bracha, bitte!«

Nach kurzer Zeit, erhob sich ein Mann, ging auf Witwar zu und sagte: »Was wollen Sie von Herrn Bracha?«

»Ist Ihr Name Bracha?«, fragte der Major sicherheitshalber noch nach.

»Ja, ich heiße Bracha, sind Sie von der Polizei?«

»Nein!«, log Witwar, denn im Moment war er ja wirklich nicht in seiner beruflichen Eigenschaft hier. »Mein Freund und ich würden nur sehr gerne ein bisschen plaudern. Dürfen wir Sie auf ein Getränk einladen, vielleicht in den ›Goldenen Hirschen‹?«

»Einverstanden, aber das Lokal besuche ich nicht mehr, wie wäre es mit dem Gastgarten des Hotels Achleitner, dort ist gute Luft und es ist sehr schattig.«

»Ja, gerne, aber wir kennen uns in Linz nicht aus, ist das weit?«

»Nein gar nicht, wir haben zwar eine Straßenbahn, aber wir müssen nur etwa eine Viertelstunde gehen, es ist auf der Hauptstraße in Urfahr. Dort gibt es hervorragendes Bier von der Brauerei Poschacher.«

»Na, das klingt ja wirklich gut! Also auf nach Urfahr!«

Bracha hatte nicht zu viel versprochen. In der Hauptstraße 18 fanden sie das Hotel, das einen sehr sauberen Eindruck machte, ein gepflegter Garten mit runden Tischen, Tischtüchern und allem, was so dazugehörte, ein gemütliches Ambiente zu erzeugen. Sie setzten sich auf die hölzernen Klappsessel, bestellten, und der Major begann das Gespräch:

»Herr Bracha, ...!«

Doch der große, hagere Mann, bei dem Witwar vor allem der Schnurrbart, der an jenen Adolf Hitlers erinnerte, ins Auge stach, fiel ihm ins Wort: »Ich habe Sie den ganzen Weg über beobachtet, habe gesehen, wie Sie alles musterten. Die Herz-Jesu-Kirche an der Wienerstraße, den Turm von der Familienkirche, die Fahrräder, den Dienstmann, der am Hauptplatz auf Kunden wartete. Wissen Sie, auch wenn ich neuerdings arm bin, bin ich nicht dumm. Sie kommen von weit her, vielleicht von Australien oder so. Aber warum kommen Sie extra zu mir?«

»Also, Herr Bracha, wir halten Sie gar nicht für dumm, sondern für sehr intelligent und …!«

Wieder redete Bracha einfach darauf los: »Na ja, so intelligent auch wieder nicht, sonst hätte ich mich nicht vor siebzehn Tagen vom Kaiser beim Kartenspiel betrügen lassen. Irgendwie hat er immer gewusst, was ich im Blatt habe!«

»Sie haben mit Kaiser Franz Joseph Karten gespielt? Das ist ja phantastisch!«

»Ha, nein, mit dem Adalbert Kaiser, mit dem ich vor Jahren in die Schule gegangen bin, schon damals hat er immer betrogen. Jetzt habe ich ihn zufällig getroffen, und wir sind was trinken gegangen, eh nicht weit von hier, in den Gasthof ›Zur Stadt Budweis‹, wo früher einmal der Hans Kirchmayr Gastwirt war, aber den werden Sie nicht kennen. Eh egal! Auf jeden Fall habe ich mein großes Grundstück verloren und jetzt muss ich schauen, was aus meinen Kindern wird, ich wollte es ihnen ja geben, damit sie ein Haus darauf bauen können! Aber deswegen sind Sie sicher nicht hier!«

»Erstens kennen wir den Herrn Kirchmayr, der hat nämlich den oberösterreichischen Bauernverein gegründet!«

Innerlich jubelte Krifer, dass ihm dies einfiel, denn er hatte erst kürzlich bei einer Quizshow im Fernsehen diese Frage gehört. Umgekehrt hätte er es nicht mehr gewusst, also, wenn er nach dem Namen gefragt worden wäre, aber den Namen einem Beruf zuzuordnen, das war leichter.

»Zweitens, haben Sie Recht, wir kommen von weit her. Die Sache ist die, mein Freund Gerald und ich kennen einen sehr netten Mann, der mit Ihnen verwandt ist, weitläufig verwandt, aber eben doch blutsverwandt. Wir sind in seinem Auftrag hier, um festzustellen, ob es irgendwelche erblichen Krankheiten in Ihrer Familie gibt. Also existieren irgendwelche Symptome oder körperliche beziehungsweise geistige Unzulänglichkeiten, die immer wieder in Ihrer Familie vorkommen?«

»Interessant, dass Sie das fragen, mein Vater wurde nämlich kürzlich in die hiesige Irrenanstalt eingeliefert. Der Arzt sagte, er leide unter Veitstanz! Ob das allerdings immer wieder vorkommt, kann ich nicht sagen, da müssten Sie unseren Hausarzt fragen, Doktor Guthör.«

»Bei dem Namen wäre er ja hervorragend als Ohrenarzt geeignet!«, versuchte Witwar, mit einem Scherz die Atmosphäre weiter aufzulockern, doch Bracha ging nicht darauf ein.

»Aber beeilen Sie sich, wenn Sie ihn befragen wollen, ich weiß zufällig, dass sich die gesamte Turngemeinde ›Jahn‹ von Linz heute am späten Nachmittag von ihm untersuchen lassen wird.«

»Gibt es in Linz etwa nur einen Arzt?«

»Nein, wir haben mehrere, aber er war schon immer der Hausarzt meiner Familie und hat sicher auch noch die Aufzeichnungen von seinen Vorgängern. Der Arzt des Turnvereins ist er erst seit ein paar Jahren, seit 1902 in Linz das Deutsch-Österreichische Kreisturnfest stattgefunden hat. Am Abend hat er dann immer im Landestheater Dienst – ja, auch Arzt ist ein sehr anstrengender Beruf heutzutage!«

»Gut, dann danke für die Auskunft, wir werden beim Hinausgehen noch ein Bier für Sie bestellen und gleich bezahlen! Wohl bekomm's! Wir haben übrigens gehört, Sie wohnen in der Dimmelstraße, welche Nummer?«

»Nummer acht! Sagen S' mir bitte noch, wie denn mein Verwandter heißt!«

»Hans, Hans Bracha!«

Als die beiden Männer gingen, waren sie schon so an die Zeit angepasst, dass sie es ganz normal fanden, wie die Polizisten gekleidet waren, dass Männer mit Handwagen durch die Straßen gingen, Frauen riesige Hüte trugen, dass trotz der Hitze nirgends ein Minirock zu sehen war.

19

Als sie schließlich beim Arzt angekommen waren, sahen sie im Wartezimmer einige ältere Personen, aber auch einen jüngeren Mann, der sich mit schmerzverzerrtem Gesicht seinen Arm hielt. Zu ihrem Erstaunen bat der Arzt sie sofort in sein Sprechzimmer, doch als sie sich nach den Unterlagen über Brachas Vorfahren erkundigten, wurden sie herb enttäuscht: »Tut mir leid, Sie müssen verstehen, dass ich Fremden keine Auskunft über die Krankheiten meiner Patienten geben darf, nicht einmal, wenn diese schon verstorben sind.«

»Aber ich bin ein Kollege von Ihnen«, versuchte Krifer zu argumentieren, »und komme nur, weil ein Verwandter von Herrn Bracha seltsame Symptome aufweist!«

»Nun, dann können Sie sich ja bestimmt ausweisen!«

Krifer konnte natürlich dem Mann schlecht seine Ausweise zeigen, die alle Stempel aus der zweiten Hälfte des zwanzigsten Jahrhunderts trugen: »Ich habe meine Ausweise jetzt nicht bei mir!«

»Aha, verstehe!«

»Aber ich werde Ihnen beweisen, dass ich Arzt bin. Der jüngere Mann im Wartezimmer mit dem schmerzenden Arm, was ist mit ihm?«

»Ha, wenn Sie mir bei dem helfen können, dann bekommen Sie alle Auskünfte, die Sie sich wünschen. Der kommt seit Tagen, er hat ein Geschwür am linken Unterarm, das ich herausschneiden müsste, doch er ist sehr schmerzempfindlich, und außerdem hat er Angst, dass die Wunde nie verheilt, weil das bei einem seiner Freunde im Nachbarort so geschah.«

»Aha, verstehe, zeigen Sie mir mal Ihre Messer, gut, dieses feine Skalpell bitte, denn bringen sie einen Topf mit Wasser zum Kochen und holen einen hochprozentigen Schnaps, bitte.«

Dr. Guthör tat, wie ihm geheißen, Krifer kochte das Skalpell aus, nahm ein sauberes Taschentuch und bat den Patienten herein.

Nach kurzer Vorstellung beruhigte er ihn, dass er nichts unternehmen würde, nur die Wunde untersuchen, er gab dem Patienten einen Schluck Schnaps, tränkte das Tuch ebenfalls in dem Alkohol, reinigte ein Stück des Unterarms und gab dem Mann eine lokale Betäubungsspritze. Dieser war sehr überrascht und dann noch mehr, als er nach kurzer Zeit den Arm nicht mehr spürte.

Krifer reinigte gründlich seine Hände, nahm das sterilisierte Skalpell, und als der Mann begann, Fragen zu stellen, sagte er nur: »Bitte jetzt nicht bewegen!«

Mit einem gekonnten Schnitt entfernte er das kleine, lästige Geschwür und klammerte die Haut an der Schnittstelle wieder zusammen. Dann unterhielt er sich mit dem Mann über Wetter, Beruf – der Herr hieß Siegfriesser, arbeitete im Telegrafenamt und war nebenbei Jäger. Schließlich erklärte er ihm, dass er morgen kommen solle, da musste die Klammer gewechselt werden, und er keinesfalls Schmutz auf die Wunde kommen lassen dürfe, sonst erginge es ihm genauso wie seinem Bekannten im Nachbarort. Krifer verband die Wunde noch, dann entließ er Herrn Siegfriesser.

Dr. Guthör staunte nicht schlecht, als er Dr. Krifer bei der Arbeit beobachtete und meinte: »Sie haben ja sehr interessante Methoden, was war denn in dieser Injektion und woher haben Sie diese dünnen Nadeln?«

»Damit experimentieren wir gerade, das Serum setzt die Schmerzempfindlichkeit herab, und die Nadeln stellt ein Bekannter her, sobald wir mehr Erfahrungen damit haben, werde ich Sie informieren, Herr Kollege, und Ihnen solches Material zukommen lassen. Wie schaut's jetzt aus, würden Sie mir Einblick in die Unterlagen der Bracha-Vorfahren gewähren?«

»Na gut, irgendwie haben Sie sich das verdient!«

Krifer las konzentriert die diversen Krankheiten und uninteressanteren Verletzungen, mit denen die Brachas in den letzten Jahren hier waren. Ihm fiel auf, dass immer wieder männliche Familienmitglieder mit Veitstanz eingeliefert wurden.«

»Interessant, dass in dieser Familie Veitstanz so häufig vorkommt, meines Wissens ist diese Krankheit nicht erblich!« Und dann zu Witwar gewandt: »Gerald, wir müssen in die Klapsmühle und den dort eingelieferten Herrn Bracha untersuchen! Doktor Guthör wird uns hoffentlich begleiten, damit wir es einfacher haben, hineinzukommen.«

»Mach ich gerne, jetzt muss ich mich aber um meine Patienten kümmern. Treffen wir einander morgen 12.00 Uhr Mittag, vor meiner Ordination!«

Die Männer waren einverstanden, verabschiedeten sich und schlenderten noch ein wenig durch die Stadt.

Sie kamen bei einem frisch renovierten Haus vorbei und lasen »Solo Zündwaren- und Wichsefabriken Aktiengesellschaft«. Ein Mann trat auf sie zu und lud sie zu einem Glas Bier ein: »Ja, wir feiern unser zehnjähriges Jubiläum. Unsere Vereinigung wurde gegründet, um die Augsburger Konkurrenz, die sich hier breit macht, in ihre Schranken zu weisen, und das taten wir mit Erfolg.«

20

Nach eingehender Beratung, nach Abwägung aller Für und Wider beschlossen Krifer und Witwar, die Nacht nicht im Zentrum von Linz, sondern auf dem Pöstlingberg, dem Hausberg der Linzer, zu verbringen. Sie wollten einerseits den Blick über das Linz des Jahres 1913 erleben, andererseits auch lieber niemandem begegnen, keinerlei Kontakte mit Menschen der damaligen Zeit haben, die überflüssig, die entbehrlich waren.

So fuhren sie mit der Pöstlingbergbahn hinauf und erfuhren vom beflissenen Bahnführer, dass sie sich in der steilsten Adhäsionsbahn Europas befanden. Krifer fand es schön, wie stolz dieser Mann auf seinen Beruf war, wie seine Arbeit sein Leben erfüllte und wie in Krifers Zeit beinahe jeder nur an den Feierabend, an das Wochenende und schließlich an die Pension dachte, ohne dabei zu beachten, dass dann auch das größte und schönste Stück des Lebens vorbei war. Dass man einfach einen Beruf wählen sollte, mit dem man sich identifizieren konnte, selbst Spaß hatte und diese Freude an seine Kunden, Mitarbeiter und Mitmenschen im Allgemeinen weitergeben konnte.

Der Bahnführer erzählte munter darauf los: »Ursprünglich war meine Bahn ja als Zahnradbahn konzipiert, aber von diesen Plänen kam man ab und baute schließlich eine Adhäsionsbahn. Doch die geringe Reibung zwischen Eisenrad und Eisenschiene hat halt den Nachteil, dass ab einer gewissen Steigung die Räder durchdrehen und die Bahn nicht weiterfahren kann. Die steilste Stelle hat eine Steigung von 11,6 %, und das ist in Europa einmalig. Die Fahrdrahtleitung wurde übrigens von einem Ochsengespann auf den Berg gezogen, das ging nicht schnell, dafür aber müheloser.

Für die starken Motoren, die notwendig waren, musste man eine Spurweite von einem Meter wählen, sonst hätten die keinen Platz gehabt. Und vor etwa zwei Wochen, genau am 28. Mai, hatten wir unser 15-jähriges Jubiläum. Ich kann mich noch an den ersten zahlenden Gast erinnern, das war Alfred Cavar, er war damals Direktor des Landestheaters. Aber jetzt sind wir auch schon angekommen, Herrschaften, steigen Sie bitte aus!«

Sie blickten über Linz und sahen eine für sie sehr bekannte, vertraute und doch unbekannte, fremde Stadt. Sie sahen die Linzer Donaulände und manche Häuser, die sie wiedererkannten und doch vermissten sie vieles.

Als sie sich aufmachten, ein Hotel zu suchen, lief ihnen ein etwa 35-jähriger Mann entgegen, der von einem Hund mit Schaum vor dem Mund verfolgt wurde. Plötzlich stürzte der Mann, stolperte offensichtlich über die unregelmäßigen Pflastersteine. Das anscheinend tollwütige Tier wollte zubeißen, doch Major Witwar reagierte blitzschnell. Er ergriff seinen Elektroschocker und betäubte den Vierbeiner. Gleichzeitig hörte man schon die Stimme seines Herren: »Hasso, hierher, Hasso, kommst du zurück!«

Als der Mann seinen ohnmächtigen Hund entdeckte, staunte er zuerst, merkte aber erleichtert, dass das Tier noch lebte, und entschuldigte sich: »Tut mir leid, wenn Ihnen Hasso einen Schrecken eingejagt hat, ich war gerade beim Rasieren, als mir die Seifenschüssel hinunterfiel und Hasso dachte vermutlich, er bekomme etwas zu fressen, als er dann den Schaum am Mund hatte, ist er erschrocken davongelaufen! Aber ich glaube nicht, dass er Sie gebissen hätte, er ist im Allgemeinen sehr gutmütig!«

Die Zeiten ändern sich, aber die Hundebesitzer nicht, dachte Krifer bei sich. Auch in unserer Zeit hört man immer ›Er tut nichts‹, als wenn ein Tier berechenbar ist. Immer wieder liest man in der Zeitung, dass ein Hund die eigene Familie angefallen oder einem Baby den Kopf abgenagt hat, aber ›Er tut nichts‹! Im

Prinzip bin ich sehr tierlieb, wen ich nicht aushalte, das sind die dümmlichen Menschen unter den Hundebesitzern, und die gab es offensichtlich vor 100 Jahren auch schon!

Als der Mann seinen Hund weggetragen hatte, stellte sich der Verfolgte vor: »Also, danke für Ihr schnelles Eingreifen, meine Herren, vielleicht wäre ja wirklich nichts passiert, aber so ist es auf jeden Fall noch mal gut ausgegangen. Tolles Gerät haben Sie hier.«

»Ja, ist ganz brauchbar, wir experimentieren noch damit, es wird erst in einiger Zeit im Handel erhältlich sein!« Wie bei den Injektionsnadeln schien auch hier das Experimentiermärchen am glaubwürdigsten.

»Also, dann werde ich mir auf jeden Fall so etwas kaufen! Wirkt das auch bei rabiaten Menschen?«

»Ich denke schon, aber warten wir mal ab!«

»Also nochmals danke! Darf ich mich vorstellen, mein Name ist Kubin, Alfred Kubin!«

»Oh, der Maler?«

»Sie haben von mir gehört?«

»Ja, habe ich. Es ist uns eine Freude, Sie kennen zu lernen. Darf ich Sie etwas fragen, haben Sie jemals ein Akkordeon, also eine Ziehharmonika gemalt, vielleicht in Ihrer Jugend?«

»Nein, wirklich nicht, was soll ich mit einer Ziehharmonika! Aber warum fragen Sie?«

»Nicht wichtig, es ging nur um eine Wette! Auch nicht als Teil eines Gemäldes?«

»Nein!«

Sie verabschiedeten sich von dem großen Künstler, der noch nicht wusste, dass die Stadt Linz ihm zu Ehren einmal einen Alfred-Kubin-Preis ausschreiben würde, und machten sich auf, gingen zielstrebig zu einem nahe gelegenen Haus, das sich als Hotel auswies.

Es dunkelte bereits, und sie waren froh, als sie das Bergbahnhotel erreichten, sie blickten nochmals zur Stadt hinunter, wo rare elektrische Beleuchtung kleine Lichtakzente erzeugte. Auch das Hotel, das im Vergleich dazu wie ein Christbaum leuchtete und sicher weit zu sehen war, war fünfzehn Jahre alt, wie man einer Urkunde im Foyer, datiert vom 30. August 1898, entnehmen konnte, da die Elektrizitätswerke offensichtlich wussten, dass die Linzer hier gerne etwas konsumieren und so manche ausländischen Gäste gerne hier nächtigen würden.

Krifer und Witwar mieteten jeder ein Einzelzimmer, da von den zwölf Räumen nur acht belegt waren. Sie gingen auf ihre Zimmer, erfrischten sich ein bisschen, indem sie etwas Wasser aus dem Krug, den das Stubenmädchen in jedes Zimmer gestellt hatte, in das Lavoir gossen und sich ein bisschen den Staub von Gesicht und Oberkörper wuschen.

Dann holten sie sich noch etwas zu speisen, organisierten sich noch einen kleinen Abendimbiss, den sie aber im Zimmer von Krifer einnahmen und nicht im Speisesaal, da sie ihren Aufenthalt ja möglichst kontaktarm gestalten wollten.

Sie unterhielten sich über den bevorstehenden Ersten Weltkrieg und über frühere Feldzüge, Gefechte und internationale Auseinandersetzungen. Krifer erinnerte sich dunkel an die Bedeutung von Linz im Krieg gegen Napoleon, wusste aber keine Einzelheiten mehr. Witwar hörte ihm dennoch interessiert zu, hatte er doch sein Schulwissen weitgehend abgebaut.

»Weißt du, Franz, das Einzige, was ich mir gemerkt habe, ist etwas aus dem Psychologieunterricht, und zwar die Vergessenskurve von Ebbinghaus!«

Krifer schmunzelte: »Das ist ein Bonmot, ich erinnere mich natürlich auch daran, dass Ebbinghaus‘ Untersuchungen ergaben, dass nur mehrmalige Lernwiederholungen das Wissen für immer speichern, sonst gehen bis 80 % innerhalb von zwei bis drei Tagen verloren.«

»Genau, so gesehen ist die Schule zu unserer Zeit ein Zeitdiebstahl an unseren Kindern, sie bekommen im Allgemeinen keinerlei Bildung mit!«

»Wir können es nicht ändern, gehen wir jetzt schlafen, einverstanden?«

Sie wünschten einander eine gute Nacht und waren eingeschlafen.

21

Nach einer an sich ruhigen Nacht, in der der fast zwei Meter große Major aufgrund des recht kurzen Bettes schlecht geschlafen hatte, Krifer sich hingegen energetisch total regenerieren konnte, frühstückten sie.

»Da wir ja noch genügend Zeit haben, bis wir mit Doktor Guthör ins Spital gehen, sollten wir eine Fahrt mit der Grottenbahn unternehmen«, schlug Krifer vor.

Witwar war einverstanden, und so machten sie sich auf den Weg. Von weitem schon sahen sie das Schild: »Elektrische Turmbahn – Grottenbahn am Pöstlingberg – Große Sehenswürdigkeit«. Die uniformierten Herren an der Kassa begrüßten sie freundlich, wechselten ebenfalls eine Goldmünze, dann nahmen sie im Anhängewagen Platz.

Der Motorwagen, dessen Spitze mit einem Drachenkopf ausgestattet war, dessen Augen und Rachen mittels Glühbirnen leuchteten, war bis auf den Fahrer leer. Die beiden Männer waren zu dieser frühen Stunde die einzigen Fahrgäste, so dass die übrigen 31 Sitzplätze frei blieben. Eine Fahrt bestand aus vier Runden mit jeweils anderer Hintergrundbeleuchtung. Besonders gefielen den beiden die lebenden Grottenolme sowie das Schild »Küssen verboten«, da die letzte Runde bei völliger Dunkelheit absolviert wurde.

Sie kehrten zum Hotel zurück, um die Rechnung zu begleichen. Sie hatten ja nicht vor, wiederzukommen, war doch ihr Plan, einfach den Vorfahren von Herrn Bracha nach Richtlinien der modernen Medizin zu untersuchen und dann in ihre Zeit zurückzureisen, mit oder ohne hilfreiche Nachrichten in das Jahr 2009 zurückzukehren. Sie staunten nicht schlecht, als sie mehrere uniformierte Polizeibeamte vorfanden.

»Worum geht es?«, fragte der Major seine Kollegen.

»Sind die Herren Gäste dieses Hotels?«

»Ja, waren wir, für eine Nacht, wir wollten gerade abreisen!«

»Ich muss Sie bitten, uns ein paar Fragen zu beantworten und Ihren Aufenthalt eventuell zu verlängern, da einer der Gäste heute Nacht ermordet wurde.«

Krifer und Witwar waren sprachlos, da versuchten sie, einen im Jahr 2009 verübten Selbstmord aufzuklären und gerieten stracks in einen Mordfall im Jahr 1913.

Die beiden wurden in einen Nebenraum der Schankstube geführt, und Krifer ließ den Major für sie beide reden, dachte er doch zu Recht, dass dieser geübter war.

Witwar erzählte den Beamten, dass sie aus einer deutschsprachigen Stadt in Australien kämen – diese Idee hatte er aus dem Gespräch mit Herrn Bracha übernommen – die Reise zwar interessant, aber scheinbar unendlich lang wäre, sie suchten einen weit entfernten Cousin eines verstorbenen Freundes. Die Reise verliefe problemlos, bis auf das letzte Stück – in der Bahn nach Linz hätte man ihnen ihre Koffer gestohlen, so dass sie weder Kleidung noch Geld besäßen. Gott sei Dank hätten sie noch einige Goldmünzen, so dass sie ihre Rechnungen bezahlen und auch die Rückreise finanzieren könnten.

Der Polizeichef von Linz, der selbst anwesend war, der es sich nicht nehmen ließ, bei besonderen Verbrechen selbst die Leitung zu übernehmen, kündigte an, die Angaben in puncto Australien zu überprüfen.

»Seit der Konferenz von Rom vor 15 Jahren hat die Polizei internationale Kontakte und arbeitet zusammen, hilft sich gegenseitig, und es wird sicher nicht mehr lange dauern, bis eine internationale kriminalpolizeiliche Organisation gegründet wird.«

Dann notierte er die Namen der beiden Männer. Bei »Witwar« zuckte er kurz zusammen: »Wir hatten hier einmal einen Trickbetrüger, eine zwielichtige Gestalt, die zwar aufs Erste einen guten Eindruck erzeugte, dann aber entlarvt wurde, dass sie Dienstmänner und Prostituierte betrog, und schließlich der Stadt verwiesen wurde. Ich glaube, er wohnt jetzt in Graz, jedenfalls hieß der auch Witwar.«

»Mir ist kein Verwandtschaftsverhältnis bekannt, aber wahrscheinlich würde ich es auch nicht zugeben, wer ist denn schon gerne mit einem Verbrecher verwandt«, antwortete der Major.

Krifer schaltete sich ein: »Sehr geehrter Herr Wachtmeister …«. Fast wollte er ergänzen »Dimpflmoser«, war dies doch eine seiner Lieblingsfiguren als Kind, als er den »Räuber Hotzenplotz« las. »Äh, ich weiß noch gar nicht Ihren Namen!«

»Schleicher, Oberwachtmeister Robert Schleicher!«

»Also, Herr Oberwachtmeister, was ist denn genau vorgefallen?«

Schleicher zögerte, entschied dann, dass er den Tatbestand schildern konnte, denn waren die Männer schuldig, so kannten sie die Fakten, waren sie hingegen unschuldig, so durften sie die Einzelheiten ruhig erfahren.

»Heute Früh wurden wir per Boten gerufen, dass das Stubenmädchen des Hotels in der Früh die Leiche eines Gastes, des Herrn Leopold Mosterer aus Tirol, aufgefunden hatte. Der Betreffende war auf Erholung hier und hatte das Zimmer für eine Woche gemietet, seine Abreise war für heute geplant. Einzige Spur sind zwei kurze, braune Haare, die neben dem Toten, der selbst schwarze Haare, die außerdem mit starken Schuppen von seiner trockenen Kopfhaut versehen sind, hatte, gefunden wurde. Er wurde stranguliert, seine Hände waren am Rücken gefesselt. Es kann sich bei dem Mörder besagten Herrn Mosterers nur um einen Gast, das Wirtsehepaar oder das Stubenmädchen handeln, da sich oben am Pöstlingberg während der Nacht sonst niemand aufhält. Von besagten Personen sind Sie, Herr Witwar, braunhaarig, Ihr Freund mit seinen grauen Haaren ist über jeden Verdacht erhaben, weiters ist bekannt, dass zwei Gäste und das Stubenmädchen braune Haare haben.«

Der Major wurde neugierig, konnte die Leidenschaft für seinen Beruf einfach nicht unterdrücken und fragte nach: »Um was für Leute handelt es sich denn bei diesen beiden Gästen?«

»Nun, eigentlich sollte ich es Ihnen ja nicht erzählen, aber andererseits ist es ja kein Geheimnis: Der eine Braunhaarige, Herr Schwabbauer, ist ein Mathematikprofessor aus Wiesbaden, und der andere, Herr Blasitsch, ist ursprünglich Schwede, kommt aber aus einem kleinen Ort namens Lichtwörth, wo er seit über zehn Jahren wohnt. Beide sind unabhängig voneinander gekommen und etwas länger als Herr Mosterer hier in Pension.«

»Ich weiß zwar nicht, ob dies von Bedeutung sein könnte, aber kannten die Herren einander?«

»Auch das wissen wir nicht! Dies ist aber eine gute Frage, Sie haben offensichtlich auch Talent für meinen Beruf. Womit verdienen Sie Ihren Lebensunterhalt?«

»Ich arbeite bei einer Versicherung, und mein Freund hier ist Arzt.«

»Mmh, sehr interessant. Es würde mich sehr freuen, wenn wir heute am frühen Abend nochmals über den Fall plaudern könnten.«

»Gut, wir sind am Nachmittag wieder hier und fahren jetzt in die Stadt hinunter. Besorgen Sie doch von den drei verdächtigen Personen je ein Haar, geben Sie diese in je ein Kuvert sowie die beiden auf der Kleidung des Toten Gefundenen auch und beschriften Sie sie. Mein Freund Doktor Krifer wird mal einen Blick darauf werfen. Er verfügt über erstaunliche Kenntnisse.«

22

Als die beiden Männer gerade noch rechtzeitig um 12.00 Uhr vor dem Haus des Arztes, Dr. Guthör, ankamen, meinte Krifer: »So eine Zeitmaschine wäre für das Alltagsleben wirklich praktisch. Wenn man sich irgendwo sehr wohl fühlt, aber eine andere Verabredung hat, kann man ruhig länger bleiben und rast nachher mit Hilfe eines Zeitsprungs zum anderen Termin, zu dem man auch rechtzeitig eintrifft.«

»Ja«, meinte der Major, »das wäre vor allem für Frauen gut, denn ehrlich gesagt, in meinem Leben habe ich insgesamt hunderte Stunden auf Frauen gewartet. Aber stell dir vor, wie oft bei deiner Idee dann zum gleichen Zeitpunkt ein Mensch zweimal existiert, da man ja gleichzeitig bei der einen Gesellschaft ist und durch den Sprung zurück auch bei dem anderen Rendezvous. Das wurde heillose Verwirrung stiften. Weil das würde dann ja jeder machen. Vielleicht ginge das dann so weit, dass man überhaupt alle Termine an einem Tag hätte, dass man nur noch an einem Tag leben würde, da man immer wieder in diesen Tag springt und innerhalb dieses Tages eben immer wieder zurück. Das erinnert an den Film ›Und täglich grüßt das Murmeltier‹, in dem der Hauptdarsteller ja auch in einer Zeitschleife steckt. Also besser, wir haben keine Zeitmaschinen und das Leben geht seinen gewohnten Gang.«

In diesem Moment trat der Arzt vor die Haustür.

»Meine Herren, ich sehe, Sie sind überpünktlich! Fein, dann kann es losgehen, wenn Sie mir bitte folgen würden!«

In der Mittagshitze marschierten die drei Männer zum Niedernhardt-Spital, das, wie ihnen Dr. Guthör erzählte, früher

»Tollhaus« hieß und gingen unter Führung des Arztes zielstrebig in das Gebäude, das später Wagner-Jauregg-Spital heißen sollte. Er fragte die in der Pforte diensthabende Nonne nach Herrn Bracha und nach den Aufzeichnungen über Bracha, die Krifer eingehend studierte, wobei er sich wunderte, wie mickrig die Berichte hier im Vergleich zu seiner Zeit waren. Der Major erkundigte sich nach der Anzahl der Patienten, nach der Dimension dieses Hospitals und erfuhr, dass es immer einige hundert waren, aber Platz für maximal 500 zur Verfügung stand.

Nachdem er die Unterlagen gesichtet hatte, meinte Krifer: »Ich habe einen Verdacht. Das ist vermutlich kein Veitstanz, aber ich muss den Patienten sehen, bevor ich mir absolut sicher bin!«

Die Schwester führte die drei Herren zu einem großen Saal mit etwa zwei Dutzend Personen, der durch ein gefängnisähnliches Gitter, ein käfigbildendes Eisengestänge von den Besucherräumen abgetrennt war. Der Major deutete auf einen Mann mittleren Alters, auf einen großgewachsenen Herren, von dem er auf Grund der Ähnlichkeit mit dem toten Herrn Bracha aus dem Jahr 2009 annahm, dass es sich um die zu untersuchende Person handelte, was ihm die Schwester bestätigte.

Immer wieder staunte der Major, wie sich Menschen so viele Namen und Gesichter merken können, wie ja auch Lehrer die Namen von hunderten aktuellen und ehemaligen Schülern wussten, was doch zeigte, dass, so wie bei dieser Schwester hier, die Personen als Individuen geachtet und nicht nur als Nummern betrachtet wurden.

Krifer riss ihn aus einen Gedanken: »Gerald, die Diagnose ist eindeutig, bei dieser Krankheit handelt es sich um ›Corea Huntington‹. Es ist eine Erbkrankheit, die leider auch in unserer Zeit unheilbar ist.«

»Unser Bracha muss also gewusst haben, dass er demnächst dem Wahnsinn verfallen wird, da dies schon bei seinen Verwandten der Fall war, er erkannte erste Anzeichen und beschloss, seinem Leben ein Ende zu setzen!«, fasste der Major nüchtern zusammen.

Krifer nickte. Sie verabschiedeten sich von Dr. Guthör und traten auf die Straße.

Krifer und Witwar streiften noch etwas durch die Stadt und setzten sich auf ein Glas Wein in das Lokal »Zum schwarzen Bock«. Während sie sich über ihre Rückreise Gedanken machten, wer denn die Zeitmaschine für ihre Reise bediente, bot sich wie von selbst eine Lösung an. Gegenüber aus dem Wilheringer Freihaus trat eine bekannte Erscheinung.

»Herr Siegfriesser, dürfen wir Sie auf einen Becher Wein einladen?«

Siegfriesser nahm freudig Platz, nachdem er die Männer erkannt hatte. Während er aus seinem Weinbecher trank, erzählte er, dass hier vor vierzehn Jahren alles unter Wasser stand, weil ein Katastrophenhochwasser Linz heimgesucht hatte, dann von seinem behandelten Arm. Krifer und Witwar hörten anscheinend interessiert zu, täuschten Anteilnahme vor, hatten sie doch Pläne, bei denen Herr Siegfriesser eine wichtige Rolle spielte.

Langsam kam der Major auf sein Anliegen zu sprechen. Bedächtig näherte er sich der zentralen Angelegenheit: »Hier sind so viele uniformierte Soldaten, wo ist denn deren Kaserne?«

»Ah, das ist das Hessenregiment; deren Kaserne ist gleich da oben!«

»Was, im Schloss sind die untergebracht?«, staunte Krifer.

»Na ja, dass das Gebäude als Schloss verwendet wurde, ist lange her, jetzt ist es eben eine Kaserne!«

»Meinen Sie, die Soldaten schießen besser als Sie, Herr Siegfriesser, wo Sie doch erzählten, dass Sie auf die Jagd gehen?«

»Wahrscheinlich, doch wir Jäger haben andere Waffen, keine Massenware, sondern liebevoll hergestellte und gut gepflegte. Wissen Sie, wir Weidmänner sind sehr tierlieb. Jeder isst gerne mal Hirschfleisch oder einen Fasan, daher muss jemand die Tiere schießen. Wir müssen aber sehr genau treffen, damit das Wild gleich tot ist und nicht leiden muss.«

»Meinen Sie, Sie können durch ein offenes Wohnungsfenster

einen münzgroßen Metallhebel treffen, sagen wir aus etwas mehr als fünfzig Metern Entfernung, und zwar mit ihrem verletzten Arm?«

»Das sollte eigentlich keine Schwierigkeit sein – und mein Arm macht mir schon gar nicht mehr zu schaffen!«

»Wenn Ihnen das gelingt, schenken wir Ihnen ein ganz modernes Gewehr mit tausend Patronen.

Treffen wir einander heute um Mitternacht am Ende der Promenade, beim Taubenmarkt vor dem Haus der Unionbank.«

»Haben Sie vielleicht vor, die Bank auszurauben?«

»Nein, keine Sorge, es geht nur um eine Maschine, eine Art Nähmaschine, und wir wollen schauen, ob man diese aus der Ferne einschalten kann!«

Nach ein paar netten Worten, ein paar freundlichen Phrasen verabschiedeten sich Krifer und Witwar von Siegfriesser.

»Jetzt ist es genau Mittag, wir sollen meinem Kollegen noch helfen. Also, auf zur Polizeistation, und falls der Oberwachtmeister nicht da ist, dann gehen wir wieder auf den Pöstlingberg, wo wir eigentlich verabredet sind.«

Die beiden hatten Glück, der Polizist war in der Wachstube. Krifer und der Major forderten Schleicher auf, sie ins Apothekerhaus zu begleiten. Unterwegs erfuhren sie vom Oberwachtmeister, dass vor etwa fünfzig Jahren auch am Hauptplatz eine Apotheke war, die niemand Geringerem gehörte als Ludwig von Beethovens Bruder Johann. Allerdings wurde das gesamte Haus abgerissen.

Als sie in der Apotheke angekommen waren, nahm Krifer die Haare, bat um drei leere Gläschen und verschwand im Nebenzimmer. Auch der neugierige Apotheker durfte ihn nicht begleiten.

Er untersuchte die Haare nicht, sondern schrieb – wie mit Witwar besprochen – einen Brief mit Anweisungen an Markus Höfler. Dieser solle die beigelegten Haare an Frau Inspektor Agnes Mangery weitergeben, damit sie diese im Labor in puncto DNA analysieren und feststellen könnte, welches der beiden mit jenen des Täters übereinstimmte. Nachdem sie wieder alles zu ihm gebracht hätte, solle er Haare und Laborbericht in das Apothekerhaus in die Hofgasse schicken, am 9. Juni 1913, 14.00 Uhr.

Dann kletterte Krifer aus dem Fenster, stahl sich heimlich davon, während sich der Polizeimajor mit dem Apotheker und Robert Schleicher unterhielt.

Er erzählte von Australien, von Kängurus, von Abel Tasman, der 1642 Tasmanien entdeckte, das erst seit ein paar Jahren, nämlich seit 1901 zum australischen Bund gehörte, von Aborigines und Aberglauben. Oberwachtmeister Schleicher wiederum grüßte einen Kunden, der sich ein Mittel gegen Migräne mischen ließ, mit einem »Tag, Kollege!« und erklärte Krifer, dass dieser Mann für die Schneeräumung zuständig wäre. Seit Linz vor fünf Jahren die Kehrrichtabfuhr, eben die Schneeräumung, die Bepflasterung und die Straßenbespritzung wegen andauernder Beschwerden gegen die Pächter in Eigenregie übernommen hatte, seien sie alle irgendwie Kollegen.

Krifer lief einstweilen zur Unionbank, wurde wegen seines eiligen Schrittes von vielen Passanten neugierig betrachtet. Wie konnte er unbemerkt zur Zeitmaschine gelangen? Er ging an den Kassenschalter und wechselte eine seiner Goldmünzen in Heller. Er wollte zum Erstaunen des Kassiers bewusst keine Kronen, um nämlich eine größere Anzahl von Geldstücken zu erhalten. Als er sich in Richtung Ausgang bewegte, täuschte er vor, zu stolpern, er stampfte ein paar Mal fest auf und ruderte mit den Armen, wodurch Hunderte seiner Münzen am Boden verstreut wurden, herumrollten und die Aufmerksamkeit auf sich zogen. Einige Angestellte und Kunden eilten herbei, um beim Aufheben zu helfen. Krifer nutzte die allgemeine Aufregung, um unbemerkt ins Stiegenhaus zu verschwinden. Heimlich lief er in den zweiten Stock, huschte ins Archiv, verpackte das Material im mitgenommenen Spezialsack und sandte es in das Jahr 2009, mit der Zielzeit genau fünf Minuten nach ihrer Abreise.

Er klopfte noch an einige Zimmer, entschuldigte sich jedes Mal, wenn ihm geantwortet wurde und fand schließlich ein unbesetztes Büro, in das er schlich, um dort in der auf dem Boden stehenden Aktentasche Schlüssel für das Bankhaus zu suchen. Bereits im zweiten leeren Arbeitsraum hatte er Glück. Am Garderobenhaken hing ein Sakko, in dem an einer Kette Schlüssel befestigt waren. Krifer entwendete sie und eilte zur Apotheke zurück.

Nach einer kurzen Verschnaufpause erklärte er den Anwesenden: »Leider fielen mir die Gläser hinunter, es hörte sich nicht so an, als wären sie kaputt gegangen, aber ich kann sie nicht mehr finden. Können Sie mir bitte suchen helfen?«

Er wusste, dass man mit Höflers Maschine keinesfalls auf den Zentimeter genau, ja nicht einmal auf einen Meter exakt zielen konnte. Im Stillen hoffte er, dass sie im richtigen Zimmer angekommen waren.

Nach kurzem Suchen fand der Apotheker unter dem Kasten mit den Reagenzgläsern die Gläser mit den Haarproben. Krifer öffnete jenes, in dem ein Blatt Papier war, auf dem in Agnes Mangerys Handschrift zu lesen war: »Ein Haar ist von Blasitsch, eines von Schwabbauer, beide waren am Mord beteiligt!«. Höfler hatte humorvollerweise noch dazu gekritzelt: »Liebe Grüße an Kaiser Franz Joseph. Mir bleibt a nix erspart.«

Als Krifer dem Oberwachtmeister das Ergebnis der Untersuchung mitteilte, staunte dieser. Er hatte nicht damit gerechnet, er zweifelte an den ihm unverständlichen Methoden, aber er nahm sich vor, beide Verdächtige intensivst zu verhören und gegeneinander auszuspielen.

Dann fuhr Schleicher, begleitet von zwei Kollegen, wieder auf den Pöstlingberg, machte er sich abermals zum Tatort auf. Krifer und Witwar nutzten die Zeit, um sich noch ein bisschen in Linz umzusehen, betrachteten die alten Häuser und erkannten das eine oder andere wieder. Vor einem Haus in der Nähe des Rathauses blieben sie stehen und fragten einen Bewohner, der gerade am Fenster stand, ob ihm bekannt wäre, dass in diesem Haus vor fast dreihundert Jahren der große Astronom Johannes Kepler gelebt hatte, doch der Mann schüttelte verständnislos den Kopf.

Beim Gestank des Pferdemistes, der überall auf den Straßen lag, dachten sie unwillkürlich an Elisabeth Riedl und ihre Äußerungen über den Hundekot, wobei dieser natürlich leichter zu entfernen wäre. Aber so hat eben jede Zeit ihre eigenen kleinen und großen Probleme.

Sie gingen weiter und sahen sich nach einem Ort um, wohin sie das Herrn Siegfriesser versprochene Gewehr schicken könnten. Er musste leicht zugänglich, aber nicht zu öffentlich sein.

»Hier vielleicht, in die ›Deutsche Schule‹?«, schlug Krifer vor. »Es sind doch vermutlich ohnedies bald Ferien!«

»Ja, aber wenn wir es zum morgigen Tag schicken, sind eben noch keine Ferien! Hier daneben ins Kremsmünsterhaus geht es auch nicht, denn wie soll Herr Siegfriesser da hinein kommen und suchen können?«

Schließlich entdeckten sie ein Haus, das ihnen bekannt vorkam, ein Gebäude, das auch in ihrer Zeit noch existierte. Über der Tür war die Jahreszahl 1803 in die Mauer eingearbeitet, es handelte sich um ein Lokal namens »El«.

»Das ist es!«, rief der Major begeistert. »Erstens ist bekannt, dass Herr Siegfriesser Jäger ist, also kann er sein Gewehr hier vergessen haben, zweitens kann er im Lokal auch in Ruhe suchen, er muss nur im richtigen Moment anwesend sein!«

Da dieses Problem gelöst war, schlug Witwar vor, die Zeit bis zum Abend zu nützen, um sich zum Heim einer bestimmten Familie durchzufragen. Für seinen Beruf war es oft wichtig, sich kleinste Details zu merken, hier profitierte jemand anderer davon.

Das Haus lag am Stadtrand, sie klopften mehrmals vergeblich, machten sich dezent, aber doch bestimmt am Haustor bemerkbar, bis eine Mädchenstimme sich meldete: »Ich bin allein zu Hause und darf niemandem aufmachen!«

Witwar antwortete mit sanfter Stimme: »Das ist sehr brav von dir, du sollst auch nicht öffnen, wir wollen dir nur sagen, deine Lieblingspuppe ist beim Wohnzimmerfenster unter dem Holzboden.«

Auf der anderen Seite der Tür herrschte absolutes Schweigen, dann hörte man das leichte Tapsen von Füßen, die typischen Geräusche, die entstehen, wenn Kinder laufen. Um schwierige Erklärungen, Kinder konnten einem ja ein Loch in den Bauch fragen, zu vermeiden, entfernten sich Witwar und Krifer raschen Schrittes.

Sie marschierten zielstrebig in die Dimmelstraße 8 und warfen einen hastig geschriebenen Brief in den Postkasten mit Brachas Namen, in dem sie ihm erklärten, dass sie ihm jetzt nicht helfen konnten, der Spielbetrug durch Herrn Kaiser nicht beweisbar wäre, sie ihm aber glaubten. Weiters wären sie in der Lage, dafür zu sorgen, dass spätestens seine Urenkeln das von Herrn Kaiser ergaunerte Grundstück zurückbekämen, und dass sie versprechen würden, dies auch zu tun.

23

Als es Abend wurde und sie bereits alle Vorbereitungen für die Rückreise getroffen hatten, begegneten sie auf der Kaplanhofstraße vor den Gaswerken, die einer Tafel zufolge 1857 gegründet und in diesem Jahr von der Stadtverwaltung übernommen worden waren, nochmals dem dunkelhaarigen Oberwachtmeister, diesmal in Zivil mit Frau, Sohn und blonder Tochter. Dem beinahe glatzköpfigen Major fiel auf, dass sich die ganze Familie an einem extrem dichten und starken Haarwuchs erfreuen konnte, und er überlegte, ob das mit Umweltbedingungen, mit gesünderer Kost oder anderen zeitabhängigen Lebensumständen zusammenhängen könnte.

Schleicher erzählte, dass beide Verdächtigen abgereist wären, dass sich sowohl Blasitsch wie auch Schwabbauer aus dem Staub gemacht hätten. Es wären die Namen vielleicht falsch, und wenn nicht irgendein Zufall zu Hilfe käme, würde der Mord an Mosterer ungesühnt bleiben.

»Aber wissen Sie, die Leute, die Mosterer in den wenigen Tagen kennen gelernt haben, konnten ihn ohnedies nicht leiden. Die Aussagen waren übereinstimmend, dass er ein Egoist war, egozentrisch, immer versucht hat, mit Witzen, über die keiner lachen konnte, im Mittelpunkt zu stehen, und freundlich tat, was aber nicht vom Herzen kam, sondern offensichtlich gespielt war. Er hatte sicherlich viele Feinde, ohne es zu wissen, da er sich ja für den Liebsten und Besten hielt! Um ehrlich zu sein, ist er halt tot, ich habe ihn nicht gekannt, nachtrauern werden ihm wenige. Also, wir müssen weiter, ich habe meinen Kindern versprochen, mit ihnen noch auf den Spielplatz im Bauernbergpark zu gehen, oder

›Aus der Waldmark‹, wie er ja ursprünglich heißen sollte. Und – so unter uns – meine Gemahlin hat es auch schon eilig, dorthin zu kommen, denn dort gibt es ja dank der Planung von Karl Pfeifer auch Aborte. Also, schönen Abend noch den beiden Herren!«

Als die Familie Schleicher außer Hörweite war, meinte Witwar zu Krifer: »Interessant, wie wenig Anteilnahme der Oberwachtmeister zeigt. Natürlich geht es nicht, dass man bei jedem Ermordeten erschüttert ist, mit den Angehörigen von Herzen mittrauert, es kann auch nicht jede Krankenschwester mit allen Patienten mitleiden, so schlimm die Krankheiten oder Verletzungen auch sein mögen, aber derart abgebrüht wie Herr Schleicher, das ist erstaunlich.«

»Ja, darum bin ich Psychiater geworden, ich konnte die körperlich leidenden Menschen nicht mehr sehen und nach Therapiegesprächen fühl' ich mich einfach gut. Irgendwie hatte der Oberwachtmeister also Recht, man muss sich um seine eigenen Angelegenheiten kümmern. Beruf ist Beruf und verlangt eine emotionale Distanz.«

Während sie so sprachen, ihre Meinungen austauschten, waren sie schon beim Gebäude der Unionbank angekommen. Sie sperrten mit dem von Krifer organisierten Schlüssel auf und gingen in den zweiten Stock. Während Krifer sich mit dem lichtempfindlichen Anzug bekleidete, stellte der Major die Zielzeit auf der Zeitmaschine ein, ihren Abreisetag aus der Zukunft, Donnerstag, den 22. Oktober 2009, Uhrzeit: 15.00 Uhr.

Krifer stellte sich vor die Maschine, als ihm noch eine wichtige Frage einfiel: »Was geschieht eigentlich mit der Zeitmaschine, Gerald, nachdem du gereist bist?«

»Wir werden sie hier stehen lassen, da es hier ja keine passenden Anzüge gibt, kann keiner damit etwas anfangen. Zuerst werden sich die Leute hier wundern, aber irgendwann wird jemand die Maschine wegwerfen, oder, wie wir schön sagen, ›entsorgen‹. Wirklich interessant, dass wir in unserer Zeit nicht nur ›Müll‹ vermeiden, sondern auch das Wort ›Müll‹ selbst kaum mehr aussprechen.«

»Also, bis gleich!«

»See you!«, verabschiedete sich der Polizeimajor mit einem der immer häufiger verwendeten Anglizismen und startete die Zeitmaschine. In einem hellen Blitz verschwand Franz Krifer wie in einer Zaubershow von David Copperfield.

Der Major verließ das Gebäude und sah bereits wie verabredet den wartenden Siegfriesser, freute sich, den Jäger pünktlich am Treffpunkt zu sehen. Er begutachtete fachmännisch die Waffe, das Jagdgewehr des Mannes, und zeigte ihm das bereits offene Fenster und dahinter den kleinen Hebel der Zeitmaschine, auf den er schießen musste.

»Also, wenn Sie mich am Fenster sehen, zählen Sie flott bis sechzig und dann zielen Sie und schießen Sie – wenn Sie getroffen haben, werden Sie einen kleinen Blitz im Zimmer sehen, falls nicht, schießen Sie einfach nochmals und nochmals, bis Sie den Blitz sehen. Ich habe bereits ein sehr gutes Gewehr mit Patronen im Lokal ›El‹ versteckt, und sobald Sie den Blitz gesehen haben, können Sie hingehen und es suchen.«

Damit verabschiedete sich der Major, winkte dem Mann, der im Jahr 2009 längst tot sein würde, noch kurz zu und machte sich auf den Weg in das Zimmer mit der Zeitmaschine. Vom Fenster aus gab er Herrn Siegfriesser das vereinbarte Zeichen. Dann zog er schnellstens den notwendigen Anzug über, setzte den Helm auf und stellte sich vor die Maschine. Keine Sekunde zu früh, denn schon hörte er einen Knall, eine kleine Explosion, die vermutlich halb Linz aufgeweckt hatte. Doch das ging ihn nichts mehr an, denn er war bereits nicht mehr im Jahr 1913.

Er sah auch nicht mehr, wie Herr Siegfriesser, neugierig geworden, durch die versehentlich offen gelassene Tür in den zweiten Stock des Bankgebäudes schlich und weit und breit keinen Herrn Witwar mehr sah. Er entdeckte die Maschine, die sich doch so sehr von seinem Telegrafen unterschied. Getrieben von seinem Interesse an technischen Maschinen, schraubte er einen kleinen

Aufsatz, der die wesentliche Elektronik enthielt, ab und machte die Zeitmaschine so für ewig unbrauchbar.

Anschließend ging er in das besagte Lokal und fand nach kurzem Suchen wirklich ein beeindruckendes Gewehr der Firma Steyr-Mannlicher mit tausend Patronen, nahm die versprochene Jagdwaffe glücklich in Besitz. Dass dieses erst Tage nach der Ankunft von Krifer und Witwar an ihrem Ziel abgesendet wurde, wusste er nicht.

24

Markus Höfler war gerade dabei, mit seiner Schwester Irene ein in der Mikrowelle aufgetautes Fertiggericht, eine zwar ungesunde, aber bequeme Mahlzeit als spätes Mittagessen einzunehmen und freute sich auf den von Irene selbstgebackenen Mohnkuchen, als er einen dumpfen Laut hörte und Krifer plötzlich bei ihm in der Wohnung stand. Dieser sprang sofort zur Seite, machte sofort Platz, denn etwa eine Sekunde später erschien auch Witwar.

Irene ließ Essen Essen sein und stürmte zum Major: »Was haben Sie herausgefunden?«

»Lassen Sie uns einen Moment verschnaufen. Auch wenn Sie meinen, wir waren nur drei Stunden fort, so waren es für uns doch zwei Tage, zwei anstrengende Tage, und die Zeitreisen kosten auch Nerven«, antwortete Krifer für seinen Freund.

Nachdem sie Platz genommen hatten, erklärte Krifer, dass in der Familie von Bracha wirklich eine Erbkrankheit vorlag, Corea Huntington, eine unheilbare Erkrankung, die zum Wahnsinn führt. Bracha wusste wahrscheinlich die genaue Diagnose nicht, wollte sich und seiner Umwelt aber diese Veränderung ersparen.

»Was heißt unheilbar? Wieso sollte er das gewusst haben?«

»Schau, Irene, ich darf doch Irene sagen, da wir hier ja alle per du sind! Also, unheilbar bedeutet, nach dem heutigen Stand der Wissenschaft gibt es kein Heilmittel gegen diese Krankheit. Und wenn Bracha den Namen der Krankheit auch nicht kannte, so wusste er offensichtlich, dass nach und nach all seine Vorfahren dem Wahnsinn verfielen und elendiglich zu Grunde gingen.«

»Du sagst, nach dem heutigen Stand der Wissenschaft. Bedeutet das, man kann sich vorstellen, in Zukunft einmal ein Medikament gegen diese Krankheit zu entdecken?«

Witwar mischte sich ein: »Also, ich bin zwar kein Arzt, aber ich bin überzeugt, die Natur ist vollkommen. Damit meine ich, für jedes Gift existiert auch ein Gegengift, für jede Krankheit auch ihr Heilmittel. Es gibt immer eine Heilpflanze oder eine Möglichkeit, Substanzen, die in der Natur vorkommen, zu vermengen, um Krankheiten, die ja offenbar auch in der Natur vorkommen, erfolgreich zu bekämpfen!«

»Was Gerald sagt, klingt gut. Nur in diesem Fall haben wir das Gegenmittel halt noch nicht gefunden, außerdem wäre es für Bracha ohnedies zu spät!«, fügte Krifer hinzu.

Irene sah ihren Bruder an und warf ihm dann einen lieben, aber fordernden Blick zu. Markus verstand sofort, kannte seine Schwester gut genug, dass er auch ohne Worte begriff, was sie dachte.

»Also, wenn ich die Gedanken meiner Schwester richtig errate, steht beiden Herren abermals eine Zeitreise bevor!«

Markus blickte nachdenklich, Irene strahlte, Witwar und Krifer schauten verdutzt.

»Aber was sollen wir in der Vergangenheit denn noch erledigen? Wir haben getan, was wir konnten, alles, was möglich war!«

»Ich glaube«, erkannte Gerald Witwar die Situation, »es geht nicht um eine Reise in die Vergangenheit!«

»Stimmt«, bestätigte Markus. »Der Plan ist, dass ihr beide in die Zukunft reist, dort mit Ärzten Kontakt aufnehmt und euch nach einem Heilmittel gegen Corea Huntington erkundigt. Dieses besorgt ihr, dann reist ihr zum Abend vor dem Selbstmord zurück, um Bracha rechtzeitig diese Arznei mit den notwendigen Erklärungen zu verabreichen. Anschließend kehrt ihr wieder in unsere Gegenwart, hierher zu diesem Nachmittag, oder sagen wir halt Abend im Labor zurück.«

Mit einer Mischung aus Unsicherheit und Begeisterung antwortete Witwar: »Na gut, irgendwie interessiert es mich ohnedies brennend, wie Linz in der Zukunft aussieht. Wie weit werden wir vorwärts reisen müssen? Und wie sieht es mit der Rückreise aus?«

»Also, bei der momentanen Entwicklung der Medizin dürften zwanzig Jahre reichen, doch ›wenn schon, denn schon‹, reisen wir doch ins Jahr 2061. Erstens sind wir dann sicher, dass bereits ein Gegenmittel existiert, zweitens sehen wir auch ein bisschen besser die geschichtliche Entwicklung unserer Landeshauptstadt und drittens habe ich einen Freund, Michael, einen Krimi-Autor, der sich sehr wünscht, hundert Jahre alt zu werden, und ich sehe dann, ob er noch lebt. Reisen wir also zum Montag, den 13.6.2061«, empfahl Krifer.

»Ich muss euch natürlich wieder eine Zeitmaschine nachschicken, das Zeug ist ganz schön teuer, auch wenn ich vom Staat subventioniert werde, so geht ganz schön viel privates Geld, nämlich meines, in diese Forschung und den Bau hinein. Aber was macht man nicht alles für seine liebe Schwester!«

25

Am nächsten Tag besprachen die vier beim Mittagessen die Details ihrer Reise, die einzelnen Unsicherheitsfaktoren. Bestand doch ein Unterschied, in die Vergangenheit zu reisen, die man aus Geschichtsbüchern kennt, in eine Zeit des bereits Geschehenen zu gelangen oder eben im Gegensatz dazu in die Zukunft, die ja auch in unserem Alltag den Beinamen ›ungewisse‹ hat!

Das große Problem war die Angabe der Koordinaten. Was wäre, wenn man in einem Gebäude landete, das es heute noch nicht gibt, vielleicht in einem Gefängnis?

»Wie wäre es mit dem Wasserpark?«, fragte Irene. »Den gibt es sicher auch in hundert Jahren noch!«

»Da wäre ich mir nicht so sicher!«, antwortete Witwar. »Erst kürzlich war dort eine Demonstration, weil Öl gefunden oder zumindest dort vermutet wird, vielleicht wollen sie dort Raffinerien bauen?«

»Wie wäre es mit dem Direktionsgebäude der Bundesbahn? Das sieht nicht nur aus wie eine Burg, sondern ist auch so massiv gebaut und wird nicht so bald zusammenstürzen. Das hätten wir auch für die letzte Reise als Ziel wählen können. Meines Wissens existiert es seit dem Jahr 1900, damals halt Direktionsgebäude der kaiserlich-königlichen Staatsbahn.«

»Also, ich schlage die HTL in der Paul-Hahn-Straße vor. Diese technische Lehranstalt wird sicher noch lange existieren«, schlug Höfler vor.

Nach kurzer Beratung, nach Abwägung einiger Für und Wider stimmten schließlich alle dem Vorschlag Höflers zu, waren sie sich einig, dass dies der ideale Ankunftsort für die Reise war.

Gerald Witwar bestand darauf, einige Liter Biomilch mitzunehmen, da er ja nicht wusste, wie es mit der Ernährung in der Zukunft aussehen würde, ob es nur noch Pillen geben würde.

Es war schon fast zur Routine geworden, das anscheinend Normalste auf der Welt, als die beiden Männer die lichtempfindlichen Anzüge überzogen, die Milch mit einpackten, ein weiteres Exemplar der Zeitmaschine in den für die Zeittranslation notwendigen Stoff einhüllten, sich verabschiedeten und in kurzen, grellen Blitzen aus dem Raum, aus der Gegenwart verschwanden.

26

»Also, ich fühle mich im Magen immer ein bisschen durcheinander, so als müsste man sich übergeben, es aber dann doch nicht passiert!«, bemerkte Witwar.

»Seien wir lieber leise und vor allem froh, dass dieses Gebäude hier noch steht!«, ging Krifer nicht auf die körperlichen Beschwerden seines Freundes und Reisegenossen ein.

»Kann ich Ihnen helfen?« Trotz der frühen Morgenstunde war bereits ein Mann an der Arbeit, ein extrem schlanker, graumelierter, etwas langhaariger Herr mittleren Alters mit fröhlichen, klaren Augen.

»Nun, wir sind gerade angekommen, mein Name ist Witwar, Gerald Witwar, und dies ist mein Freund, Doktor Franz Krifer!«

»Sehr angenehm, ich heiße Huber, Stefano Huber, und arbeite hier in der Dimensionsforschungsabteilung! Was führt Sie hierher und wie kommen Sie hier herein?«

Krifer und Witwar warfen sich einen Blick zu, dann nickten sie beide und Krifer begann: »Was wir Ihnen jetzt erzählen, mag unglaublich klingen, doch wir sind hier auf die Hilfe eines Menschen angewiesen und Sie machen einen vertrauenserweckenden Eindruck. Wir kommen mittels einer Zeitmaschine aus dem Jahre 2009 und sind auf der Suche nach einer Arznei für eine damals noch unheilbare Krankheit.«

»Aha, aus 2009 also!«, schmunzelte Stefano Huber. »Mir ist zwar klar, dass Reisen durch die Zeit theoretisch möglich sind, doch ist es noch nicht gelungen, eine Vorrichtung für derartige Unternehmen zu konstruieren. Oder können Sie es beweisen?«

»Nun, was wir Ihnen aus unserer Zeit berichten könnten,

könnte auch aus Geschichtsbüchern stammen, und sonst haben wir nur unsere Kleidung und einige Liter Milch, zwar Biomilch, also von Kühen, die ohne Medikamente und mit nicht gespritztem Futter groß gezogen wurden, also alles keine Bestätigung für unsere Behauptung. Sie müssten uns also glauben!«

»Milch, Sie haben Kuhmilch dabei? Das ist unmöglich!«

»Was ist daran unmöglich, einfach Milch von Kühen.«

»Wie Sie genau wissen, wurde vor etwa dreißig Jahren die Tierzucht weltweit verboten. Seit damals gibt es nur noch die in der Natur vorkommenden Säugetiere, keine Haustiere mehr, keine Höfe mehr mit Rindern, Ziegen, Schafen und so weiter. Der Grund war einerseits die massive Erderwärmung durch diese Tiere, allein die Rinder, die für Fleisch gezüchtet wurden, haben die Atmosphäre um ein Grad erwärmt, andererseits wurden sie mit Getreide gefüttert, das jetzt von uns Menschen gegessen wird. Wenn Sie also wirklich Kuhmilch hier haben, dann möchte, ja, dann werde ich Ihnen glauben. Vorausgesetzt, Sie können mir alles näher erklären.«

Krifer reichte dem Mann die Milch. »Hier, sehen Sie.«

Ungläubig starrte Huber auf die Packung. Dann ließen die beiden Freunde Huber kosten und berichteten, erzählten ausführlich von ihrem Abenteuer und erklärten auch die Zeitmaschine, präsentierten dieses Gerät, wohl wissend, dass sie jemanden benötigten, der sie zurücksandte und dem sie vertrauen konnten, dass er sie danach zerstören würde.

Stefano Huber war schwer beeindruckt. Als Krifer sich über die geschichtlichen Abläufe der letzten 52 Jahre erkundigen wollte, über detaillierte Informationen von den Geschehnissen, hielt ihn Witwar zurück, stoppte ihn der Polizeimajor.

»Besser nicht, Franz, es ist nicht gut, etwas über seine Zukunft zu wissen, man würde nicht mehr nach Gefühl entscheiden, und letztlich habe ich in meinem Leben die Erfahrung gemacht, dass die besten Entscheidungen aus dem Bauch heraus getroffen werden, aus Instinkt und nicht mit langen Überlegungen.«

Huber ging trotzdem auf die Frage ein: »Also ich werde keine Jahreszahlen nennen, aber so viel: Es gibt keinen Krieg hier in Mitteleuropa. Vor einigen Jahren kam es zu verschiedenen Unfällen in den Atomreaktoren in der Umgebung von Österreich. Seitdem können wir uns nicht lange auf der Straße aufhalten. Wir haben alle Häuser mit Strahlenschutzmänteln eingehüllt, eine gereinigte Sauerstoffzufuhr organisiert, riesige, mit Glas überdachte Stadien gebaut, in denen wir Obst, Gemüse und Getreide anbauen und ein paar Blumensorten züchten, aber aus den Häuser sollten wir uns für die nächsten paar hundert Jahre lieber nicht wagen, bestenfalls minutenweise. Die notwendigen Bauarbeiten haben todkranke Menschen übernommen, die ohnedies nur noch ein paar Monate, maximal ein Jahr zu leben hatten; im Gegenzug dafür haben wir ihre Familien versorgt. Jetzt werden Sie fragen, wie wir Kontakt miteinander haben können, wir haben alle Wohnanlagen mit einem unterirdischen Rohrsystem miteinander verbunden. Es ist nicht nur von den unterirdischen Leitungen her vergleichbar, sondern auch von der Wichtigkeit eine genauso wesentliche Leistung für unsere Gesundheit wie die Fertigstellung der Kanalisation im Jahre 1884, da das verseuchte Trinkwasser ja 1855 zur Cholera geführt hatte. Ausgeklügelt hat das System mit all seinen optimalen Wegführungen, der Be- und Entlüftung, der Energieversorgung für Beleuchtung et cetera der Mann, dessen Bild Sie hier in meinem Büro an der Wand sehen, Alexander Peretti, ein Genie.«

»Interessant!«, bemerkte der Major. »Wichtig für uns ist nur, einen Arzt zu sprechen, ob es ein Medikament gegen Corea Huntington gibt und, falls ja, dass wir eines bekommen und dann zurückreisen.«

Huber und die beiden aus der zukünftigen Vergangenheit stammenden Herren gingen in den Keller, wo sich eine Dockingstation für ein Gefährt befand, das man nur als riesige, durchsichtige Konservendose mit vier Sitzplätzen bezeichnen konnte. Sie setzten sich hinein und nach einer Fahrt von wenigen Minuten waren sie bei der medizinischen Fakultät der Johannes-Kepler-Universität in Urfahr.

»Seit wann kann man denn in Linz Medizin studieren?«, fragte Krifer erstaunt.

»Seit dem Jahr 2014!«

»Hat man hier nicht früher mal Wirtschaft studiert?«

»Ja, aber wir haben jetzt nur noch Universitäten, die der Forschung dienen oder Studienrichtungen mit praktischen Seminaren wie eben Sezieren anbieten. Wo wir einander getroffen haben, das war meines Wissens früher einmal eine Höhere Technische Lehranstalt, ist jetzt aber eine technische Universität. Jugendliche gehen nicht mehr in die Schule, um zu lernen, sie treffen sich jeden Vormittag in sogenannten Mojos. Das sind von Psychologen zusammengestellte Gruppen von Jugendlichen verschiedenen Alters und sozialer Herkunft, deren Zusammensetzung wöchentlich wechselt, wo sie einige Stunden gemeinsam verbringen, um soziale Kompetenzen zu erlernen und um ihr Wissen praktisch zu üben.«

»Aber wie erwerben sie ihr Wissen?«

»Das wissen Sie nicht? Sie bekommen jedes Jahr zu ihrem Geburtstag einen neuen Chip für ein kleines Gerät, das sie immer bei sich tragen müssen. Alles Wissen, das sie zu diesem Zeitpunkt haben sollten, ist darauf gespeichert und kann bei Bedarf jederzeit abgefragt werden. Grund dafür war die Erkenntnis, dass Kinder die Schulen beinahe ohne jegliche Bildung verlassen. Die meisten konnten mit zehn Jahren noch nicht lesen, manche lernten zwar für ihren Prüfungstermin, hatten aber zwei Tage später bereits achtzig Prozent des Stoffes wieder vergessen.«

Dann berichtete Huber weiter: »Chips spielen bei uns eine große Rolle. So bekommt jeder Säugling unmittelbar nach der Geburt einen Chip in sein Gehirn eingepflanzt, der es ermöglicht, ihn zu orten. Es ist eine schmerzfreie Operation, die Anschlussstelle wird von medizin-technischen Gehirnchirurgen so angebracht, dass ein Chipaustausch in späteren Jahren ohne großen

Aufwand möglich wäre. Die ersten derartigen Versuche gehen, wie man sich erzählt, ins Jahr 2009 zurück, als die USA angeblich Experimente mit flüssigen Chips machten, die im Rahmen einer Grippeimpfung heimlich mit verabreicht werden sollten.«

»Wird das weltweit so gehandhabt?«

»Ja, wobei man sagen muss, dass in manchen Ländern, zum Beispiel in den Vereinigten Staaten, dieser Chip gleichzeitig noch andere Features enthält, etwa kann man dort per Funk Elektroschocks übertragen.«

»Können sich die Eltern nicht weigern, ihrem Kind so etwas einpflanzen zu lassen?«

»Natürlich, die Reichen machen das ohnedies, den armen Bevölkerungsschichten bleibt aber nichts anderes übrig, da man ohne implantierten Chip keine Arbeit bekommt. Die Betriebe in vielen Industriestaaten wollen nämlich auch wissen, wie lange sich die Mitarbeiter am WC aufhalten, ob sie wirklich im Bett liegen, wenn sie im Krankenstand sind und so weiter. Hier in Österreich machen wir das nicht!«

»Na, sagen Sie lieber ›noch nicht‹! Welche Partei ist denn gerade an der Macht, nach der nächsten Wahl wird sich das vielleicht ändern!«

»Wir haben keine Parteien mehr, sondern eine Regierung, in der alle an einem Strang ziehen. Es geht nicht mehr darum, Einfluss und viel Geld zu haben, sondern jeder, der mindestens einen gewissen Intelligenzquotienten, nämlich 135, besitzt, kann in der Regierung mitarbeiten. Das einzige weitere Aufnahmekriterium ist noch seelische Ausgeglichenheit.«

»Bitte, wie messen Sie seelische Ausgeglichenheit?«

»So wie viele körperliche Leiden ja emotionale Ursachen besitzen, können wir auch die Ausgewogenheit des seelischen Zustandes mittels Kristallen messen und sogar teilweise heilen. Das wird Ihnen gleich Frau Doktor Barbarus erklären. Wir sind nämlich bereits im Keller der Universität angekommen.«

27

Frau Dr. Barbarus, genauer gesagt Dr. Michalandi-Barbarus, war eine kurzhaarige, blonde Dame, die Witwar von ihrer drahtigen Erscheinung und ihrem Teint her an eine Tiroler Bergbewohnerin erinnerte. Sie begrüßte die Herren mit einem unwiderstehlichen Lächeln, einer derart charmanten Ausstrahlung, dass Witwar sein inneres Urteil revidierte und sie eher der Gattung Marketingleiterin zuordnete.

Nach einer kurzen Einführung, einem raschen Briefing, führte Frau Barbarus die Männer zu ihrem Kollegen, den für mentale Erkrankungen zuständigen Dr. Gippmann. Während sie durch die endlos wirkenden Gänge der Universität liefen, erklärte Barbarus den Neuankömmlingen das Prinzip der Kristallkuren. Es lief darauf hinaus, dass die Schwingungen einzelner Steine in einem sonst schwingungslosen, ganz leeren Raum auf Menschen übertragen werden, die positiven Schwingungen der Edel- und Halbedelsteine die unharmonischen des Patienten überlagern, das Wellendurcheinander des Behandelten wieder in Gleichklang bringen. Im Laufe der letzten Jahre gelang dadurch der langersehnte Sieg über alle Krebserkrankungen sowie Migräne und Herzleiden. Nieren, Leber, Milz, alle inneren Organe wurden auf diese Weise regelmäßig in Schwung gehalten. Es gab keine Heilungen mehr, sondern einfach ein regelmäßiges, prophylaktisches Aufladen, ein zeitlich rhythmisches In-Ordnung-Bringen der gesamten Körperschwingungen.

»Woher wissen Sie, wann eine Neubehandlung notwendig ist, und hilft dies auch bei psychischen Erkrankungen?«

»Ich möchte zuerst die zweite Frage beantworten. Leider sind wir bei Geisteskrankheiten noch nicht so weit, es gibt zwar die ›Retzer Theorie‹, dass Kristalle auch hier helfen können, doch wird daran noch weltweit geforscht. Und um zu wissen, wann wieder eine Behandlung notwendig ist, besitzt jeder Hauhalt ein Messgerät, an dem festgestellt werden kann, welche Kristallwirkungen noch anhalten. Hier habe ich eines.«

Barbarus hielt es an den Körper von Huber, wies auf die Anzeige und deutete den anderen beiden, sie sollten auf das Display achten. Sie sahen, dass Huber erst kürzlich mit Rosenquarz, Amethyst und Bernstein aufgeladen worden war, einen gewissen Mangel im Bereich des Darmes hatte und daher in den nächsten Tagen einmal mit Rauchquarz und Moosachat in Einklang gebracht werden sollte.

Witwar, der viel von solchen Spielereien hielt, war begeistert und fragte, ob er so ein Gerät erwerben könnte.

Barbarus schenkte ihm daraufhin sofort ihres, und Krifer gab ihr im Gegenzug dafür ein Päckchen mit Biomilch.

Michalandi-Barbarus war begeistert: »Oh, ein ganzes Hexapack Milch!«

Krifer bemerkte: »Sie meinen Tetrapack, Frau Doktor!«

»Nein, Tetrapacks sind Packungen mit vier flachen Seiten, weil Tetra griechisch ist und auf deutsch vier heißt, dieses Milchpäckchen hat aber sechs Begrenzungsflächen, eine oben, eine unten, vier rundherum, daher nennen wir es ›Hexapack‹!«

Krifer ergriff wieder das Wort: »Wir sind wegen der Behandlung einer Geisteskrankheit hier. Wir würden gerne wissen, ob unabhängig von allen Kristalltherapien eine Möglichkeit besteht, Corea Huntington zu heilen.«

Dr. Gippmann antwortete lächelnd: »Das ist doch schon lange eine einfach zu behandelnde Krankheit. Vor Jahren schon entdeckte ein Team um Professor Leopold Stockler vom Institut für Mikromorphologie und Elektronenmikroskopie von der Universität Wien eine Heilmethode. Sie wird aus vielen Zutaten, aber hauptsächlich aus den Blütenblättern zweier seltener Pflanzen, nämlich aus Kornblume und Margerite, hergestellt. Diese Pflanzen sind zwischenzeitlich ausgestorben, aber das ist nicht weiter störend, da wir ihre chemische Struktur analysiert haben und sie jetzt künstlich herstellen.«

Krifer notierte die Namen der Blumen, verließ sich nicht auf sein Gedächtnis, das vielleicht durch die vielen neuen Eindrücke an Zuverlässigkeit verloren hatte.

Sie verabschiedeten sich von Dr. Gippmann und Dr. Barbarus und gingen mit Stefano Huber in Richtung Keller. Sie waren erleichtert, alles hatte schnell und problemlos geklappt. Plötzlich hörten sie eine strenge Stimme hinter sich, wurde ihnen mit lauten Worten befohlen: »Halt! Stehen bleiben!«

Sie drehten sich um. Zwei Polizisten richteten pistolenförmige Gebilde auf die drei, bedrohten sie mit Gegenständen, die offensichtlich Waffen waren. Huber forderte seine Begleiter auf, zu tun, was man ihnen anordnete: »Vielleicht kennen die Herren solche Waffen aus der Sendung Raumschiff Enterprise, die auch heute noch im Fernsehen regelmäßig wiederholt wird, um bereits den Kindern die Wichtigkeit der Weltraumerforschung zu vermitteln. Doch glauben Sie mir, diese Phaserwaffen sind nicht auf Betäubung eingestellt, sondern verbrennen Sie innerhalb von Sekundenbruchteilen, dass nur noch ein kleiner Berg Asche übrig bleibt.«

»Wir haben nichts verbrochen!«, antwortete Polizeimajor Witwar.

Einer der Uniformierten schrie: »Woher kommen Sie beide, wir haben menschliches Leben auf unseren Bodenradarschirmen entdeckt, das keinen Dockingstation für Gehirnchips besitzt«

Huber staunte: »Ich wusste bis jetzt nicht, dass die hier in Linz überprüft wird – erstaunlich. In einem Land mit einer großen Verbrechensrate fände ich es vielleicht angemessen, aber hier – also wirklich überflüssig!«

»Schweigen Sie, von Ihnen wollen wir nichts, die anderen beiden mitkommen!«

Mit einer Mischung aus Neugierde und Angst, einem Mix aus Interesse und Beklommenheit folgten Witwar und Krifer den Sicherheitsbeamten, die sie in den Keller führten, wo sie in eines der üblichen Fahrzeuge verfrachtet wurden, das sie offensichtlich zum Polizeihauptquartier bringen sollte.

28

»Also, wenn sich nichts geändert hat, werden wir jetzt in die Nietzschestraße gebracht und sind somit gar nicht weit von der HTL und unserer Zeitmaschine entfernt«, flüsterte Witwar seinem Begleiter zu.

»Warten wir mal ab, was sie von uns wollen!«

Im Vernehmungszimmer des Polizeigebäudes, einem bis auf einen Tisch und vier Sesseln leeren Raum, wurden sie nach ihren Absichten, ihrer Herkunft, ihren Vorhaben, ihrer Identität befragt.

Sie antworteten,. dass sie eine ärztliche Auskunft benötigten, schmeichelten, dass sie von den Linzer Medizinern so viel hielten, dass sie selbst aus Australien kämen, und nachdem sie jetzt ja erfahren hätten, wie sie ihren Patienten heilen konnten, gerne schnell wieder zurückreisten.

»Das ist ein nettes Ammenmärchen, wirklich. Schreiben Sie doch einen Roman und schicken Sie ihn an einen Verlag; wenn er außergewöhnlich ist, kann ich Ihnen bei uns in der Stadt einen empfehlen, der seit über fünfzig Jahren existiert! Aber bitte erzählen Sie mir, nämlich mir persönlich, keine Geschichten, sonst werde ich andere Saiten aufziehen, sonst werden Sie mich kennen lernen. Linz ist dicht – verstehen Sie, da kann niemand aus Australien kommen. Alle Städte in Österreich sind autonom. Wir kommunizieren untereinander mittels LM-Mails und …!«

»Verzeihung«, unterbrach Witwar, »was sind LM-Mails?«

»Das ist wirklich seltsam, dass Sie diese Frage stellen, das weiß doch jedes Kind. Und zwar ohne seinen elektronischen Wissensspeicher zu befragen.«

»Also, was sind nun LM-Mails?«, wurde auch Krifer neugierig.

»Also gut, bis vor etwa 20 Jahren wurden Nachrichten per Kabel und per Funk übertragen, sogenannte E-Mails. Dazu war ein Netz von Antennen notwendig, die die Nachrichten empfangen und an die nächste Station weitergesendet haben. Seit wir allerdings unsere strahlengeschützten Räumlichkeiten nicht mehr verlassen dürfen, war es nicht mehr möglich, defekte Antennenanlagen zu reparieren. Anfangs hat das nicht gestört, da die Nachrichten dann einfach einen anderen Weg genommen haben. Doch mit der Zeit waren immer mehr Anlagen defekt, und es war abzusehen, dass über kurz oder lang alle Verbindungen abreißen würden. Wenn Sie einen Blick in das Nebenzimmer werfen, werden Sie über unseren Computeranlagen das Bild eines Mannes sehen. Es ist Benedikt Höfler, der die Idee hatte, Datenströme entlang eines vorhandenen Lichtstrahls zu senden. Da diese aber irgendwo reflektiert werden müssen, konnte man keine Sonnenstrahlen verwenden, sondern musste den Mond hernehmen. Daher können wir nur nachts senden. Wir suchen ein passendes Stück des Mondes aus und berechnen dann genau, ähnlich wie Billardspieler das tun, welchen Punkt wir anvisieren müssen, damit die Nachricht zum gewünschten Empfänger in der und der Stadt gelangt!«

Beide Zeitreisenden dachten bei sich: Benedikt Höfler, ob der wohl verwandt war mit Markus Höfler, dem Erfinder der Zeitmaschine?

»Und ›LM‹ steht für Licht-Mond!«

»Aber«, fragte Krifer, »wie ist es möglich, dass eine Nachricht in einem Lichtstrahl kodiert wird?«

»Das ist mir auch nicht klar, das ist etwas für technische Wissenschafter. Ihr Begleiter im Krankenhaus, Herr Huber, weiß darüber sicher genauestens Bescheid!«

Witwar wandte sich an Krifer: »Na, erinnerst du dich nicht an den ›Höhenrausch‹ anlässlich ›Linz 09‹, da waren doch am Cityparkhaus, neben dem Passagekaufhaus regenähnliche Wasserstrahlen, die eine Melodie spielten, die du aber nur gehört hast, wenn du einen Schirm aufgespannt hast. Und wenn Information mittels eines Wasserstrahls übertragen werden kann, warum dann nicht durch einen Lichtstrahl?«

Der Polizist unterbrach barsch die Unterhaltung: »Also, jetzt raus mit der Sprache, woher kommen Sie, was bedeutet ›Linz 09‹ und was wollen Sie hier?«

Gerade als Witwar antworten wollte, im Moment, als er eine fein säuberlich zusammengereimte Geschichte erzählen wollte, stürmten zwei Polizisten, offensichtlich niedere Dienstränge in das Zimmer, salutierten kurz und riefen: »Leutnant Feregy, im Büro vom Professor Höfler gab es einen Mord, die Sekretärin wurde getötet.«

Feregy reagierte rasch: »Meine Herren, wir setzen das Verhör am frühen Abend fort. Bitte entschuldigen Sie mich jetzt!«

Witwar stand auf, zeigte seinen Ausweis und sagte: »Herr Leutnant, wie Sie sehen, bin auch ich Polizeibeamter, es wäre mir eine Freude, Sie bei Ihren Ermittlungen unterstützen zu dürfen.«

Der Leutnant betrachtete den Ausweis, deutete auf das Geburtsdatum und fragte, was das sollte. Krifer erklärte ihm daraufhin, dass sie in Australien eine andere Zeitrechnung hätten, sie dort in einer Kolonie lebten, die ebenfalls Linz hieße, dass sie eine Möglichkeit gefunden hätten, in das an und für sich dichte Linz zu gelangen und dass alles später genau erklärt würde.

Der Polizeileutnant, ein typischer Vertreter der Gattung »raue Schale und weicher Kern«, gab sich für den Moment zufrieden, setzte seine Prioritäten und eilte mit den beiden in den Keller.

»Professor Höfler forscht in Urfahr im Riesenhof, das heißt, wir müssen jetzt unter der Donau durch!«

Witwar sagte mehr zu sich selbst: »Riesenhof, dort ist doch das Landessäuglingsheim.« Doch Major Feregy hörte es: »Das war einmal dort, jetzt ist es hier, gleich das nächste Gebäude, direkt benachbart mit der Polizeidirektion, in der ehemaligen Pädagogischen Akademie, wenn es Sie genau interessiert, da ja Lehrer durch unser Mikrocomputer-System überflüssig geworden sind. Aber woher kennen Sie den Namen Riesenhof?«

»Ich verspreche Ihnen, alles später zu erklären, Herr Kollege Feregy, wenn ich so sagen darf, aber fahren wir jetzt, so lange der Tatort noch heiß ist.«

Feregy war von so viel Professionalität beeindruckt und schwieg.

Nach kurzer Zeit waren sie im Zimmer von Prof. Höfler, im Arbeitsraum des Wissenschafters, wo Frieda, die einst bildhübsche Sekretärin, regungslos am Boden lag. Aus ihrer Brust ragte ein Messer, neben ihr am Boden lag ein zerbrochener Teller mit Suppe.

29

»Mir kommt vor, wir ziehen das Verbrechen magisch an!«, raunte Krifer Witwar zu. »Egal, in welcher Zeit wir uns befinden, es geschehen in unserem Umfeld Morde.«

Leutnant Feregy fasste die Situation kurz zusammen: »Da wir uns hier in einem Forschungsbereich befinden, hat nur eine bestimmte Anzahl von Personen Zutritt, somit können wir den Kreis der Verdächtigen auf die heute hier anwesenden wissenschaftlichen Mitarbeiter beschränken. Frau Frieda wurde offensichtlich, während sie Suppe aß, von einer ihr bekannten Person mittels eines Messers getötet.«

Witwar unterbrach die Ausführungen: »Kann man nicht mittels des Chips feststellen, wer wann wo war?«

»Leider nicht«, antwortete Leutnant Feregy. »Wissenschafter und all ihre Mitarbeiter haben das Privileg, ihre Ortungschips zu deaktivieren, wann immer sie wollen, weil sie sehr starken elektromagnetischen Feldern ausgesetzt sein könnten, was zu physischen und psychischen Problemen führen würde. Und Sie können sich vorstellen, dass alle beinahe ununterbrochen Gebrauch von diesem Vorrecht machen.«

Krifer ergriff das Wort: »Einmal so kurz eine Frage; wie wir im Krankenhaus erfuhren, heilen Sie hier sehr viel mittels Kristallen. Kann man diese nicht als eine Art Lügendetektor verwenden, so dass man die Schwingungen bei Unwahrheiten mittels bestimmter Kristalle registrieren kann?«

»Ja, genauso arbeiten wir hier. Allerdings gibt es einen Nachteil und der ist allgemein bekannt: Wenn die auszuforschende Person sich einige Stunden lang einredet, dass sie unschuldig ist, dass jemand anderer die Tat begangen hat, dann ist sie in ihrem Bewusstsein derart gestärkt, dass unsere Kristall-Messgeräte die Unwahrheit nicht mehr bemerken. Also müssen wir jetzt gleich mit der Befragung beginnen. Außerdem ist es von Vorteil, wenn auch nicht unbedingt notwendig, die Schwingungen durch die Körper anderer Menschen zu verstärken, während wir die Befragung durchführen. Da mein Kollege und ich für das Verhör zuständig sind und wir also noch einige Personen benötigen, ersuche ich Sie, meine Herren, uns dabei durch Ihre Anwesenheit zu helfen.«

»Sehr gerne«, antwortete Major Witwar, »vor allem, da wir ja durch Sie ein Alibi haben, sollte uns nichts passieren!«

Als die fünf Personen den Raum betraten, Prof. Höfler und seine Mitarbeiterinnen am Tatort einmarschierten, waren Krifer und Witwar verblüfft. Benedikt Höfler sah genauso wie seine Tante Irene aus, die Verwandtschaft war nicht zu leugnen. Und noch etwas erstaunte sie. Unter den vier Mitarbeiterinnen war eine Dame, die sie zu kennen glaubten.

»Darf ich bekannt machen – dies sind meine vier wissenschaftlichen Assistentinnen, Frau Doktor Jasmin Weidrich, Frau Emma Lorenz, meine Schwester Samara und schließlich Frau Elisabeth Riedl«, stellte Höfler seine Mitarbeiter vor.

»Frau Riedl – aber wie gibt es das?«

»Wie gibt es was?«, fragte die hübsche Dame verwundert.

Der Major schätzte das Alter und rechnete rasch nach: »Ich kannte Ihre Großmutter, sie hieß auch Elisabeth, und Sie sind ihr wie aus dem Gesicht geschnitten.«

»Das ist zwar nett, dass Sie das sagen. Ich hatte tatsächlich eine Großmutter, die Elisabeth hieß und der ich, anhand von Fotos, sehr ähnlich sehe. Doch können Sie sie unmöglich gekannt haben. Sie starb am Heiligen Abend des Jahres 2009 an Darmkrebs, unmittelbar nachdem ihr Buch über Paradoxa erschienen ist. Und da waren Sie beide ja noch gar nicht auf der Welt.«

Der Leutnant hörte interessiert zu, während Krifer versuchte, den Fehler seines Freundes auszubessern, dessen Bemerkung elegant zu korrigieren: »Mein Begleiter meint nicht Ihre Großmutter, sondern seine Großmutter, die auch Elisabeth hieß und mit der Sie wirklich eine gewisse Ähnlichkeit haben. Ich habe sie ebenfalls gekannt, sie war auch schlank, groß, mit so einem netten Lächeln bewaffnet wie Sie. Aber ich würde niemals behaupten: Wie aus dem Gesicht geschnitten!«

Leutnant Feregy bat alle Anwesenden, in einem Kreis Platz zu nehmen und sich die Hände zu reichen, während sein Mitarbeiter die Kristallmessgeräte in den vier Ecken des Raumes platzierte und einen drahtlosen Empfänger auf den Schreibtisch stellte, vor den er sich schließlich setzte. Dann gab er Major Witwar das Startzeichen.

Krifer setzte sich zwischen Elisabeth Riedl und Jasmin Weidrich. Er musterte die beiden Frauen neben ihm genau und dachte bei sich, dass Jasmin Weidrich einen Frauentyp darstellte, wie er sofort die Hauptrolle in einem französischen Intellektuellenfilm der Achtzigerjahre spielen könnte, nicht die typische Hollywoodschönheit, aber eben eine ganz persönliche, wunderhübsche Erscheinung. Einfach ein Mensch zum Wohlfühlen.

Er wurde aus seinen Gedanken gerissen, als der Leutnant mit tiefer Stimme die Anwesenden aufforderte, zu erzählen, was sie während der Mittagspause gemacht hatten.

Frau Weidrich begann: »Ich war gestern im Wissensturm und habe mir Schillers Werke ausgeborgt, das einzige Exemplar, das noch existiert und …«

Major Witwar fragte neugierig nach: »Wieso das einzige Exemplar?«

»Na, wissen Sie nicht, dass alle Bücher in den zwanziger Jahren elektronisch gespeichert und aus Platzgründen sämtliche Papierbücher bis auf jeweils ein Exemplar vernichtet wurden? Bei dem Massengau wurden all diese Speichermedien unglücklicherweise gelöscht. Nun, jedenfalls habe ich heute in der Mittagspause das Hexeneinmaleins auswendig gelernt. Ich werde Ihnen aufsagen, was der alte Friedrich aus Weimar also geschrieben hat: Aus eins mach zehn, die zwei lass geh'n und drei mach gleich, so wirst du reich, verlier …!«

Feregy unterbrach: »Sehr schön, sehr schön, danke, also weiter, der Nächste, bitte, was haben Sie getan, Frau Samara?«

»Ich habe versucht, eine 512 Exa-Byte Rozsenich-USB-Festplatte auf einem C-Smirzitz-Großrechner zu installieren. Es hat aber leider Kabelanschlussprobleme mit den blauen Max-Dioden gegeben, die weißen wären besser gewesen. Nebenbei habe ich ein Mikrowellenfertiggericht verspeist.«

Also, das ändert sich in der Zukunft also nicht!, überlegte der Major still. Wer sich nicht die Zeit zum Kochen nimmt, muss Geschmacksverstärker, ungesunde Fettsäuren und diverse E-Nummern bei Speisezusätzen in Kauf nehmen.

»Jetzt Frau Lorenz, bitte«, leitete der Major die Befragung weiter.

Emma Lorenz erzählte: »Ich habe ein Stück eines alten Hollywoodfilms angesehen, so wie jede Mittagspause, in einer Woche schaffe ich immer genau einen Film. Falls es Sie interessiert, es ist ein Film aus den neunziger Jahren, also aus dem vorigen Jahrhundert, er heißt ›Die Brücken am Fluss‹ und ist so bezaubernd.«

Witwar schaltete sich ein: »Ich glaube, den Film kenne ich, wer spielt denn da gleich die Hauptrollen?«

»Meryl Streep und Clint Eastwood, ein so romantischer Liebesfilm.«

»Ah ja, das stimmt!«

»Und nun noch Frau Riedl, bitte, und abschließend Herr Professor Höfler!«

»Also, ich war in meinem Büro und habe Kleidung anprobiert, Sie müssen wissen, ich habe mir gestern ein paar schöne Stücke im Passagekaufhaus besorgt.«

Krifer dachte: Erstaunlich, das Kaufhaus war schon in meiner Kindheit eine Sensation für mich und existiert jetzt immer noch.

»Und wer mein Arbeitszimmer kennt, weiß auch, dass ich neuerdings einen Spiegel an der Wand hängen habe, und da bin ich halt mal näher hin, um nur einen Teil der Kleidung zu sehen, dann wieder weiter weg, um mich ganz betrachten zu können. Und ehe ich mich versah, war die Mittagspause vorbei.«

Prof. Höfler bemerkte kurz und bündig: »Ich hatte keine Mittagspause, ich habe durchgearbeitet. Ah ja, fünf Minuten lang habe ich mir ein Kurzvideo über Nurejew angesehen, das war einmal ein berühmter Tänzer. Wissen Sie, eigentlich wollte ich auch Tänzer werden, aber meine Eltern haben das mit Gewalt verhindert, sie wollten unbedingt, dass ich Wissenschafter werde, na, auch gut!«

Damit waren die ersten Vernehmungen zu Ende. Leutnant Feregy bat die Mitarbeiter des Instituts ins Nebenzimmer, forderte die Verdächtigen auf, im Nachbarraum zu warten.

Kurz darauf kam ein Mitarbeiter Feregys mit dem Ergebnis der Aufnahme.

»Drei von den fünf Personen haben gelogen. Na, hervorragend!«, rief Feregy.

»Falls ich helfen darf«, schaltete sich Krifer ein, »zwei Lügen sind offensichtlich; nämlich einmal Weidrich, die Schillers Werke so gut kennt, dass sie sogar seinen Vornamen und seinen Geburtsort weiß, zitiert ein Gedicht von Goethe, denn das Hexeneinmaleins stammt aus Goethes Meisterwerk ›Faust‹, genau genommen aus dem ersten Teil von Faust.«

»Na, sieh mal einer an!«, wunderte sich Feregy. »Sieht aus, als könnte sie keiner Fliege etwas zuleide tun und lügt wie gedruckt. Wie gedruckt, das passt hier ja wunderbar. Und wer ist der andere?«

»Frau Riedl, natürlich! Auch wenn sie offensichtlich eitel ist und sicher oft Kleidung probiert, hat sie dies gestern in ihrem Büro nicht getan, denn wenn ein Spiegel senkrecht an der Wand hängt, spielt es keine Rolle, wie weit Sie sich von ihm entfernen, Sie sehen immer die gleichen Teile von sich selbst. Sie sehen mehr oder weniger vom Restzimmer, aber von sich selbst immer den gleichen Ausschnitt. Also, wenn Sie sich knapp vor den Spiegel stellen und sich selbst von der Mitte der Stirn bis zum Gürtel sehen und sich dann einige Schritte entfernen, so sehen Sie von sich selbst immer noch den Teil von der Mitte der Stirn bis zum Gürtel. Der Grund hierfür ist, dass sich die Augen, die das beobachten, ja mit entfernen. Bei einer Skizze wird das gleich klar, wenn Sie beachten, dass Einfallswinkel und Ausfallswinkel gleich groß sind.«

Krifer skizzierte auf einem Blatt Papier den senkrechten Spiegel sowie den Menschen, einmal nahe, einmal weiter weg und jeweils die Sehstrahlen von den Augen zum oberen und unteren Spiegelrand.

Feregy war beeindruckt: »Sehr schön, ich danke Ihnen, aber wer war der Dritte?«

Alle zuckten mit den Achseln.

»Wir werden es herausfinden!«, war der Major zuversichtlich.

30

Während sie zur Polizeidirektion zurückfuhren, musste sich Feregy eingestehen, dass die beiden seltsamen Fremden nicht nur äußerst sympathisch waren, dass es ihnen mit ihrer natürlichen, offenen Art schnell gelungen war, sein Herz zu gewinnen, sondern auch, dass sie sehr hilfreich waren, dass ihr aufmerksamer Verstand die Klärung des Falles vereinfacht hatte. Trotzdem nahm er sich vor, wachsam zu bleiben, beschloss er, nicht leichtsinnig zu werden.

»Meine Herren, ich bin zu lange bei der Polizei, um nicht zu merken, dass mit Ihnen etwas nicht stimmt, Sie kommen ganz sicher nicht aus Australien, ich bin mir aber sicher, dass Sie aufrechte Menschen sind. Sie können mir also alles mitteilen, und ich werde es vertraulich behandeln.«

Krifer und Witwar warfen einander zustimmende Blicke zu, dann begann der Psychiater: »Herr Major Feregy, wir werden Sie einweihen, doch werden Sie es vielleicht nicht verstehen, daher holen Sie bitte Herrn Stefano Huber von der Technischen Universität dazu.«

»Einverstanden!«

Durch eine kurze Rücksprache mit der Zentrale erhielt er die Adresse von Stefano Huber.

»Er wohnt in der Ali-Öztürk-Straße, im letzten Haus auf der linken Seite.«

»Verzeihen Sie, aber ich glaube, Linz ganz gut zu kennen, wo ist die Ali-Öztürk-Straße?«

»Nun, Sie kennen vielleicht die Blumauer Straße, die heißt in ihrer Verlängerung Goethestraße und schließlich das letzte Stück zum Bezirk Lustenau hin Ali-Öztürk-Straße. Wir bewegen uns zwar unterirdisch, haben aber trotzdem die alten Straßennamen beibehalten.«

»Ach, wie hieß dieses letzte Stück doch gleich früher, na, ist egal, im Moment nicht wichtig! Können Sie uns noch sagen, wo wir heute übernachten können, welches Hotel können Sie uns empfehlen?«

»Wir haben nur ein einziges Hotel hier, da wir ja seit beinahe drei Jahrzehnten keine Touristen mehr haben. Es wird nur von Ehepaaren benützt, in ihren Flitterwochen, und von jungen Leuten, die einmal ein paar Tage nicht bei ihren Eltern leben wollen, und von Männern, die von ihren Frauen aus dem Haus gejagt wurden. Es ist das Hotel Schahinger am Schahingerberg. Es wird Ihnen gefallen, Sie haben Aussicht über Linz. Vor vielen Jahrzehnten gab es dort sogar Attraktionen wie zum Beispiel eine Grottenbahn.«

Witwar murmelte vor sich hin: »Aus Pöstling wurde Schahinger, ts, ts, ts!«

»Nun, ich möchte nicht unverschämt sein, aber mein Freund hier und ich, wir haben schon lange nichts gegessen, wir haben allerdings kein Geld, dafür ein paar Goldmünzen.«

»Ich werde immer neugieriger, woher Sie wirklich kommen, denn Gold hat keinerlei Wert. Es gibt auch kein Geld, jeder Mensch bekommt mit vierzehn Jahren eine Karte mit Guthaben, von der er, solange er lebt, jeden Tag vier Louis abheben kann.«

»Louis? Das klingt so französisch.«

»Nun, es ist nur eine Einheit, wie die entstanden ist, weiß ich auch nicht! Jedenfalls reichen diese vier Louis für die Miete einer Schlafkoje und den täglichen Nahrungsbedarf. Wer fleißig ist, kann sich natürlich mehr leisten, jeder hat Recht auf Arbeit.«

Witwar sah auf seine Armbanduhr: »Wie lange wird es noch dauern, bis Herr Huber hier sein wird?«

»Er wird gleich da sein.«

»Können Sie uns während der Wartezeit sagen, ob sich die Menschen in den letzten Jahren physiologisch wesentlich verändert haben, das ist aus wissenschaftlichen Gründen sehr interessant für mich.«

»Nun, bei dem Reaktorunfall wurde unser Erbgut geschädigt, alle Menschen, die jünger als sechsundzwanzig Jahre sind, haben einige genetische Veränderungen: Ihr Geruchssinn ist degeneriert, was natürlich ein Vorteil ist, denn wie Sie festgestellt haben, riecht es überall mehr oder weniger nach Kanal.«

Nun, da es Leutnant Feregy ausgesprochen hatte, fiel es Krifer erst bewusst auf, bemerkte er es erst, und zwar in unangenehmer Weise – der Gestank erinnerte ihn an eine Führung durch die Kanäle der Bundeshauptstadt, an eine Touristenattraktion in Wien mit dem Titel ›Auf den Spuren des dritten Mannes‹, der auf den berühmten Orson-Welles-Film hinwies.

»Weiters haben sie einen Sinn für Radioaktivität entwickelt. Sie merken, wenn an irgendeiner Stelle die radioaktive Strahlung zu hoch ist. Das hat zur Folge, dass Menschen, die vor den Reaktorunfällen geboren wurden, also jetzt älter als etwa 27 Jahre sind, niemals ohne jugendliche Begleitung zu unseren Gemüse- und Obstplantagen gehen, da dort die Gefahr, dass das strahlensichere Glasdach, das das Sonnenlicht durchlässt, beschädigt ist, am höchsten ist. Die Häuser wurden ja zuerst eingemantelt, dann von innen isoliert, die unterirdischen Gehwege sind auch alle von innen geschützt, und so könnte man Schäden leicht entdecken, doch bisher hat alles wunderbar gehalten. Die Lebenserwartung hat sich grundsätzlich aber nicht geändert, ein hundertster Geburtstag ist immer noch sehr selten, demnächst feiert ihn übrigens ein Nachbar von mir, wir nennen ihn den weisen Michael.«

Gerade als Feregy endete, betrat Stefano Huber den Raum, begrüßte die drei und wurde von Major Witwar ersucht, den Leutnant aufzuklären. Gemeinsam richteten sie die Bitte an Feregy, absolutes Stillschweigen zu bewahren, so als wäre er gleichzeitig ein Priester, ein Arzt und ein Zauberkünstler!

Huber erzählte dem Leutnant die Geschichte der beiden Zeitreisenden. Dieser staunte, nickte schließlich und meinte: »Das erklärt natürlich jetzt vieles. Interessant auch, dass Sie in Ihrer Ära eine Zeitmaschine besitzen und wir nicht, das wird ähnlich sein wie bei den Fahrrädern, die es ja auch nicht mehr gibt.«

Huber ergriff das Wort: »Nein, es ist ein bisschen anders, Fahrräder und auch Brillen gibt es nicht mehr, weil wir sie nicht brauchen. Letztere deswegen nicht, weil sehschwache Kinder bereits mit einem Jahr mittels Laseroperation ihre Augenfehler korrigiert bekommen, damit sie in ihrer geistigen Entwicklung nicht behindert sind. Die Zeitmaschine hingegen haben wir nicht, weil wir nicht wissen, wie das funktionieren soll. Offensichtlich hat der Freund dieser beiden Herren, wie hieß er doch gleich?«

»Markus Höfler!«

»Ah ja, so wie unser Benedikt. Als hätte Markus Höfler sein Wissen nicht weitergegeben, was sicher vernünftig war. Es würde zu viele Spaßvögel und zu viele Kriminelle geben, die das ausnützen würden. Und in unserer Situation würden alle in die Vergangenheit reisen, und wir wären in einer endlosen Zeitschleife, da keiner hier wirklich leben will. Doch wir müssen die Aufgaben, die die Welt uns stellt, gemeinsam meistern, mit vereinten Kräften an einer lebenswerteren Zukunft arbeiten!«

Huber hatte sich seinen Vortrag hineingesteigert und war ungewollt laut geworden, hatte die Stimme stärker eingesetz,t als es seine Art war.

Der Major versuchte, in ruhigem Ton die Atmosphäre wieder zu besänftigen: »Das klingt sehr gut und wird so großartigen Menschen wie allen, die ich in Ihrer Zeit bisher kennen lernen durfte, sicher gelingen! Wir werden also ins Hotel Schahinger gehen. Morgen werden wir Sie noch bei der Klärung des Mordfalls an Frau Frieda unterstützen.«

Der Leutnant war einverstanden, und Huber bot sich an, die Gäste noch zu ihrem Quartier zu begleiten.

Als sie bei einem Gemüsefeld vorbeikamen, warf Witwar einen Blick zum nächtlichen Himmel und bemerkte: »Na, wenigstens die Sterne gibt es noch so wie früher, schade, dass heute eine

Neumondnacht zu sein scheint, denn ich kann den Mond nicht sehen.«

Huber antwortete: »Ach, der Mond! Es war vor über vierzig Jahren, dass asiatische Großmächte hier auf der Erde immer wieder Atombombentests durchgeführt haben. Da es weltweite Proteste gab, haben sie die Tests schließlich auf dem Mond fortgesetzt. Da hatte auch niemand etwas dagegen. Doch bei einer gewaltigen Explosionskette hat es den Trabanten zerrissen oder besser gesagt, er ist zerbrochen. Es sind Dutzende großer Teile und tausende winzige, die weiter in der Erdumlaufbahn um unseren Planeten kreisen, aber den Mond als Ganzes gibt es nicht mehr und wird es nie mehr geben.«

»Ich dachte, Sie verwenden den Mond für Ihre LM-Mails?«, fragte Witwar verwundert nach.

»Natürlich, und so gesehen ist es ein Vorteil, dass der Mond nicht mehr in einem Stück ist, weil man, sobald es finster ist, garantiert ein Teil entdecken kann, so etwas wie Neumond existiert nicht mehr. Meist kann man sogar ein Stück aussuchen, das optimale Reflexionseigenschaften besitzt.«

31

Nach einem für Zeitfremde ungewöhnlichen Frühstück, bestehend aus einer Karotte, einer Scheibe Brot und diversen Vitaminkapseln, die mit einem gallertartigen Getränk eingenommen wurden, gingen die beiden, wie versprochen, zu Major Feregy.

Witwar begann: »Also, wenn drei Personen lügen, aber nur einer der Täter ist, bedeutet dies, dass zwei aus einem anderen Grund die Unwahrheit sagen. Nun, meist ist der Anlass dafür aus kriminalistischer Sicht belanglos, aber für den Betreffenden doch wichtig. Dabei erschwert er uns das Leben, ohne zu wissen, dass sein Geheimnis, das er zu verbergen versucht, ohnedies bestens bei uns aufgehoben wäre.«

»Nun«, meinte Krifer, »meist geht es ja bei Schwindeleien um heimliche Liebesgeschichten. Wenn wir gleichgeschlechtliche Liebe ausschließen, muss also Professor Höfler beteiligt sein, womit wir den Dritten in der Runde hätten, der die Unwahrheit sagte. Daraus kann man jetzt messerscharf folgern, dass entweder Jasmin Weidrich oder Elisabeth Riedl dessen Geliebte wäre und die andere Dame daher die Mörderin. Alles, wie gesagt, unter der Prämisse, dass eine versteckte Liebschaft die Ursache für die Lügen ist.«

»Am besten vernehmen wir nochmals Benedikt Höfler und werden ihn bluffen!«, schlug Feregy vor.

Als der Professor bei ihnen war, begann der Leutnant: »Nachdem wir Ihrer Geliebten zugesichert haben, dass alle Aussagen streng vertraulich behandelt werden, hat sie uns gesagt, dass sie mit Ihnen die Mittagspause verbracht hat. Wenn Sie das noch bestätigen, ist die Sache für uns erledigt. Ah ja, und aus reiner männlicher Neugier, seit wann sind Sie denn mit dieser hübschen Dame zusammen, ist ja wirklich beneidenswert.«

Doch Höfler war zu schlau. »Ja, ich kann das bestätigen, aber es ist mir lieber, meine Schwester weiß nichts davon, es ist wohl eine Beziehung mit dieser Dame, die auf sehr starker seelischer Zuneigung beruht, aber aus zeittechnischen Gründen nur in sexueller Form ausgelebt wird, und das eben während der Mittagspause«, erwiderte er knapp.

Krifer, der schnell erkannte, dass man den Professor nicht hinters Licht führen konnte, dass sie ihm auch an Eloquenz unterlegen waren, ging aufs Ganze. Irgendwie war ihm der Verdächtige sympathisch, er schätzte seine stille Art und sein freundliches Lächeln. So entschloss er sich, ihm die Hübschere der beiden, Jasmin, zu gönnen.

»Meinen Sie nicht, dass Frau Weidrich zu jung für Sie ist?«

Höfler lächelte und sagte: »Bravo! Aber das finde ich im Übrigen nicht, denn was machen schon ein paar Sonnenumrundungen mehr oder weniger aus, das Wesentliche ist, doch, dass man sich in der Aura des anderen wohl fühlt, dass man Seele, Körper und Geist des anderen liebt. Ich sage immer, ein Tisch mit drei Beinen wackelt bekanntlich nicht, und auch eine Beziehung, die auf den drei richtigen Beinen steht, ist stabil. Diese sind Liebhaben, ohne das geht natürlich gar nichts, gemeinsame Interessen – dabei muss man nicht zu hundert Prozent übereinstimmen, besser sogar, wenn das nicht der Fall ist, aber man muss doch ein paar Themen haben, die man gemeinsam angeht, man muss miteinander sprechen und – sehr wichtig – lachen können und schließlich die Zärtlichkeit, auch hier ist Harmonie eine Voraussetzung für eine gute Beziehung. Nun, meine Verbindung zu Jasmin ruht auf diesen Beinen, wir pflegen unsere Partnerschaft, genießen sie und entwickeln uns dabei – alles, wie es sein soll.«

Schön, dass die Liebe immer noch existiert, es gibt keinen vollständigen Mond mehr, keine Waldspaziergänge, kein Drachensteigen und vieles andere, was uns Freude bereitet hat, aber es gibt immer noch die Liebe, das ist herrlich!, dachte Witwar.

»Wissen Sie, Jasmin ist für mich eine sehr entspannende Liebe, weil sie ohne Forderungen lebt, nämlich von beiden Seiten. Ich hatte hier im Hause schon einmal eine längere Liebschaft, die mich aber energetisch ausgesaugt hat, das wissenschaftliche Arbeiten sehr beeinträchtigt hat. Mit Frau Weidrich ist es einfach der Himmel auf Erden.«

Sie verabschiedeten den Professor und warteten, bis der Wissenschafter das Zimmer verlassen hatte. Dann sahen sie einander an und Feregy sprach aus, was alle dachten.

»Also Elisabeth Riedl, aber warum? Und wenn wir das Motiv kennen, wie werden wir sie überführen?«

»Das Motiv ist für mich offenkundig!«, meinte Krifer. »Ist Ihnen nicht etwas sehr Ungewöhnliches aufgefallen?«

»Meinen Sie die Ähnlichkeit zu ihrer Vorfahrin, die Sie erwähnten?«, fragte Feregy.

»Nein, das kommt ja immer wieder mal vor. Das Abnorme ist, dass jemand in seinem Büro einen Spiegel montiert. Meine Diagnose lautet – und zwar nicht nur aus diesem Grunde, sondern wegen ihres Gesamtauftretens: Es handelt sich hier um eine narzisstische Persönlichkeitsstörung. Diese beinhaltet den Wunsch nach einem erhöhten Selbstwert, was prinzipiell kein Problem ist. Die Schwierigkeiten beginnen erst, wenn die Person auf andere losgeht. Menschen mit dieser Krankheit dulden niemanden neben sich, räumen alles und alle aus dem Weg. Sollte Frau Riedl wirklich die Täterin sein, so hat sie vermutlich angenommen, dass Frieda die neue Liebschaft von Professor Höfler ist, an Jasmin Weidrich dachte sie wegen deren Jugend gar nicht, was für die junge Dame letztlich ein Riesenglück bedeutete.«

»Und was machen wir jetzt?« Feregy war ratlos, wusste nicht, wie er die mutmaßliche Mörderin überführen, wie er sie zu einem Geständnis verleiten könnte. »Sie wird es doch nie zugeben.«

Gerald Witwar hatte eine Idee: »Also, mit Damen dieses Alters kenne ich mich ganz gut aus, ich glaube, ich könnte ihr Vertrauen gewinnen oder zumindest ihre Zuneigung. Wir haben ja immer noch unsere Walkie-Talkies. Ihr seid hier im Büro, und ich versuche, ein Rendezvous mit ihr auszumachen. Die Funkgeräte sind eingeschaltet und ihr hört alles mit.«

Die beiden anderen stimmten zu, obwohl sie nicht viel Vertrauen in den Plan hatten. Mit einem rasch organisierten Blumenstrauß und einer Flasche Wein machte er sich auf den Weg in Riedls Büro.

»Entschuldigen Sie bitte die Störung, sehr geehrte Frau Elisabeth, aber als ich Sie heute sah, war es mir unmittelbar ein Bedürfnis, einen Blumenstrauß zu kaufen und Ihnen zu schenken. Sie haben mir mit Ihrer Gegenwart so viel Freude bereitet, dass es einfach ein Muss für mich ist, mich mit einer kleinen Aufmerksamkeit zu revanchieren.«

Witwar war sich wohl bewusst, dass dies sehr dick aufgetragen war und mit einer Intensität vorgebracht wurde, die gekünstelt, völlig unnatürlich wirkte. Doch er verließ sich auf das Urteil seines Freundes Krifer. Denn falls die Diagnose stimmte, dass Frau Riedl unter Narzissmus litt, dann konnte man sie gar nicht zu viel loben, ihr zu sehr schmeicheln, sie würde ohnedies nur eine Bestätigung darin sehen, den Mann als jemanden akzeptieren, der ihre wunderbare, wahre Natur erkannt hatte.

»Oh, das ist aber lieb, wirklich aufmerksam, Herr – wie war doch der Name?«

»Witwar, aber nennen Sie mich bitte Gerald!«

Der Major hatte das Gefühl, in einem schmalzigen Heimatfilm eine Hauptrolle zu spielen, fühlte sich in einen romantischen Kinostreifen der 1950er Jahre versetzt. Es wurde ihm fast schlecht, am liebsten wollte er aufhören, doch wusste er, dass dies vielleicht die einzige Chance war, den Fall rasch abzuschließen und dann wieder in seine Gegenwart zurückzukehren, in der eine andere Frau Riedl wartete, in der Markus, Irene, Alex Wolf, Karin Winter, Christian Schermayr, Herbert Kaiser lebten, in der immer noch ein Mordfall zu klären war, in der es galt, eine Medizin anzufertigen, um Herrn Bracha vom Selbstmord abzuhalten. Also sah er sich gezwungen, war er wohl verpflichtet, ob es ihm gefiel oder nicht, das Spiel bis zum Ende mitzumachen.

»Wenn Sie zwei Gläser haben, würde ich gerne mit Ihnen einen Schluck Wein trinken.«

Während sie sich zuprosteten, meinte Witwar: »Wissen Sie, ich habe vierzig Jahre lang darauf gewartet, eine Frau wie Sie kennen zu lernen, auch wenn ich in den nächsten Tagen Linz wieder verlassen muss, so wollte ich unbedingt noch mal Ihre Ausstrahlung genießen.«

Feregy und Krifer, die dank des Funkgerätes alles mithören konnten, waren in einem Wechselbad von Staunen und Schmunzeln.

»Ihr Freund ist ein richtiger Casanova, also so etwas!«

»Ja, mit Frauen kennt er sich aus! Aber jetzt wieder aufpassen!«

»Weißt du, Elisabeth, ich darf doch du sagen, wenn du nicht an dieser Forschungsanstalt hier arbeiten würdest, könntest du jederzeit als Fotomodell dein Geld verdienen. Du hast nicht nur eine irre gute Figur, sondern auch ein ausgesprochen hübsches Gesicht.«

»Na ja, es geht so!«, antwortete Riedl mit falscher Bescheidenheit, mit gespielter, gegen ihre wahre Überzeugung vorgebrachter Selbstverleugnung.

»Nein, nein, deine großen Augen, deine wunderbare Haut, deine erotischen Kurven, dein Gehen, Stehen, alles spricht Männer an, und da ich ja auch ein Mann bin, auch mich, und nicht nur auch mich, sondern besonders mich!«

Riedl genoss diese Lawine von Komplimenten, sie kamen ihr nicht übertrieben vor, war sie doch überzeugt, dass dies alles der Wahrheit entsprach, dass jeder Mensch so empfinden würde und dieser Mann es halt jetzt mal aussprach. Witwar hatte einfach den Mut, das zu sagen, was ohnedies jeder denken müsste.

Unterdessen schenkte Witwar Elisabeth bereits das dritte Glas Wein ein, während er selbst immer nur an seinem Getränk nippte.

»Du gehörst sicher zu den wenigen glücklichen Menschen, die niemals von ihrem Partner verlassen wurden, sondern eine Trennung immer selbst in die Hand nahmen. Und das war für deine Expartner sicher immer sehr schmerzhaft, so eine tolle Frau zu verlieren.«

»Ha, das kann man sagen und wenn es einer gewagt hat, sich von mir zu trennen, so hat ihm das in kürzester Zeit leid getan. Aber ich nahm ihn nie mehr zurück!«

»Ja, das verstehe ich. Die verstorbene Frieda war da sicher sehr ähnlich. Natürlicher Charme, imposante Ausstrahlung und atemberaubend schön. Vom Aussehen her ist sie genau mein Typ gewesen.«

Was jetzt kam, ließ sich kaum beschreiben. Elisabeths Gesicht veränderte sich, die Freundlichkeit aus ihrem Antlitz wich, ihr Oberkörper versteifte sich, die Hände ballten sich zu Fäusten, sich ins Schrille erhebend gellte ihre Stimme hinaus.

»Schon wieder Frieda, immer Frieda, was habt ihr alle, du, der Professor mit dieser Frieda? Ist sie so gut im Bett oder was? Ha, aber jetzt ist es vorbei mit dieser Frieda, jetzt wird sie verbrannt und bestattet, und der Professor wird zu mir zurückkehren.«

»Elisabeth sag nicht, dass das dein Messer war, dass du sie getötet hast. Aber ich würde dir ohnedies nicht glauben, das traust du dich nie!«

Riedl war wie in einem Rausch, konnte nicht mehr unterscheiden, was ihre Großartigkeit herausstellte und was ihr eventuell schadete: »Ich mich nicht trauen, natürlich habe ich sie erstochen! Plötzlich wollte der Professor nichts mehr von mir wissen, war ich ihm nicht mehr schön genug. Aber das hat diese Ziege jetzt davon! Und wieder wird ein Mann reumütig zu mir zurückkehren, aber ich werde diesmal großzügig sein, ich werde Benedikt erhören.«

Noch während sie sprach, betraten bereits Leutnant Feregy und Krifer das Zimmer. Elisabeth Riedl schien gar nicht zu merken, wie sich die Handschellen um ihre Gelenke schlossen, wie sie verhaftet wurde, sie sprach immer noch weiter: »Ja, ich bin hier die Nummer eins und das werde ich noch lange bleiben. Ab jetzt werde ich bei den Personaleinstellungen mitreden, werde ich mitentscheiden.«

32

Witwar sah Krifer an: »Meinst du, dass beim Mord an Roswitha das gleiche Motiv vorliegt wie hier, dass die Großmutter von Riedl auch aus Eitelkeit zur Mörderin wurde?«

»Da bin ich mir nicht sicher, unsere Elisabeth, also die Elisabeth Riedl in unserer Zeit, scheint mehr Niveau zu haben.«

Stefano Huber wurde gerufen, denn so zuverlässig Leutnant Feregy auch zu sein schien, so seriös er auch wirkte, wirklich vertrauen konnte man wohl am ehesten einem Wissenschafter, einem Menschen, der nicht auf Ruhm oder Geld aus war, sondern auf Wissen an der endgültigen oder zumindest weiterführenden Erforschung der Natur, der an physikalischen und chemischen Zusammenhänge der Welt interessiert war.

Witwar und Krifer zogen ihre für die Zeitreise notwendigen Anzüge und Helme an.

Dann bat Krifer noch: »Herr Huber, wenn wir in unsere Zeit zurückgekehrt sind, ist die Zeitmaschine noch hier. Sie ist für Sie insofern unbrauchbar, weil Sie nicht die notwendigen Stoffe haben, mit denen Gegenstände für eine Zeitreise eingepackt werden müssen. So etwas könnte natürlich von Ihnen noch entwickelt werden, ich traue Ihnen das ganz leicht zu. Aber, wie Sie sicher schon mal überlegt haben, ist mit Zeitreisen eine sehr große Verantwortung verbunden. Man kann die Geschichte ändern, nämlich die bereits geschehene und damit die Gegenwart und zwar in einem Ausmaß, wie es der intelligenteste Mensch der Welt nicht vorausberechnen kann. Zerlegen Sie die Maschine in ihre Einzelteile und zerschmelzen Sie einige Teile davon in einem Ofen, so dass sie niemals mehr aufgebaut werden kann. Können Sie mir darauf Ihr Wort geben?«

»Ja, ich gebe Ihnen mein Wort, mein Ehrenwort als Wissenschafter und als gläubiger Mensch.«

»Danke!«

Witwar erklärte noch, wie die Maschine zu bedienen sei, zeigte Stefano Huber noch, wie er ihn und Krifer zurücksenden konnte. Kurz darauf verschwanden die beiden in einem Blitz.

Als Huber sich umdrehte, sah er in der Ecke des Zimmers einen kleinen Karton stehen, eine Schachtel, von der er überzeugt war, dass sie gerade vorhin noch nicht da war, ebenfalls in einen Stoff eingewickelt, wie ihn Witwar und Krifer gerade überzogen. Er öffnete das Päckchen und fand darin zwei Liter Biomilch und ein Päckchen mit diversem Saatgut für Obstbäume. Strahlend machte er sich an die Arbeit und zerlegte den Apparat, demontierte lächelnd die Zeitmaschine.

33

Irene und Markus bereiteten den beiden einen herzlichen Empfang, begrüßten Witwar und Krifer mit Umarmungen.

»Wir haben es!«, rief Witwar.

»Ihr habt das Medikament!«, freuten sich Irene und Markus unisono.

»Nun, das Medikament nicht!«, korrigierte Krifer. »Aber das Rezept. Es ist von jedem Apotheker leicht herzustellen. Also, auf ins Apothekerhaus!«

»Moment, nicht so hastig, wir sind im Jahr 2009, da ist im Apothekerhaus kein Apotheker mehr!«, grinste Witwar. »Aber jetzt wird es ja demnächst renoviert, wer weiß, ob nicht wieder ein Apotheker dort sein Geschäft eröffnet? Gehen wir zum Hauptplatz. Aber, da wir ohnedies in der Zeit zurückreisen, um die Medizin zu verabreichen, ist es ja egal, ob wir jetzt oder in 12 Stunden starten. Wir brauchen dringend etwas Schlaf. Ich schlage vor, dass wir einander morgen Mittag wieder treffen, letzte Details besprechen, die Medizin holen und dann in die Vergangenheit aufbrechen.«

Alle waren einverstanden, waren mit dem Plan zufrieden.

Am nächsten Morgen kamen die vier wieder zusammen, trafen einander wie vereinbart am Hauptplatz und fühlten sich zurecht als eingeschworene Gruppe, fast als eine Art Geheimbund, verband sie doch auch ein Geheimnis und zusätzlich ein Plan.

»Vielleicht sollten wir uns doch beeilen, auch wenn wir ja zu jedem Zeitpunkt zurückkehren können, so gibt es doch in der Zwischenzeit eine Menge Menschen, die vom Tod Herrn Brachas wissen, wie werden die sich wundern, wenn er jetzt doch lebt?«, meinte Irene.

»Also, vom wissenschaftlichen Standpunkt aus kann man dazu sagen, dass mit einer Veränderung der Geschehnisse vermutlich auch alle Gedächtnisinhalte umgestaltet werden. Allerdings nur vermutlich; da es uns ja dann auch betreffen würde, habe ich unsere Erlebnisse stichwortartig in einer Datei festgehalten. Wäre doch schade, wenn wir von unseren Abenteuern nichts mehr wüssten. Sollte die Erinnerung nicht erneuert werden, so können wir davon ausgehen, dass die meisten das Wissen aus einer Zeitung haben, und wie oft steht doch Unsinn in so einem Blatt; das Fernsehen brachte nichts darüber, und Radio läuft meist nur im Hintergrund! Aber sicherheitshalber, falls meine Schwester Recht hat, beeilen wir uns und gehen zu der Apotheke da vorne«, erwiderte Markus Höfler.

Der Apotheker, ein älterer Herr mit Stirnglatze, wunderte sich über die Zusammensetzung des Rezeptes, staunte über die seltsame Mischung der Zutaten: »Wogegen soll denn das eingesetzt werden?«

»Ein altes Hausrezept!«, antwortete Witwar. »Es soll den Haarwuchs anregen! Sie wissen ja, Männer, die vorne die Haare verlieren, sind große Denker, Männer, die am Hinterkopf die Haare verlieren, sind große Liebhaber, und Männer, die am gesamten Kopf eine Glatze haben, denken, sie sind große Liebhaber.«

Der Apotheker lachte und meinte: »Nun, da müsste jetzt meine Frau hier sein. Aber ich mixe das gerne für Sie zusammen, wird allerdings ein paar Tage dauern, da ich weder Kornblumenblätter noch welche von der Margerite lagernd habe und eine Lieferung frühestens Anfang nächster Woche erfolgt.«

Und wieder war es Irene, die geistesgegenwärtig dazwischenrief: »Im Botanischen Garten ist doch eine Pflanzenausstellung, die ›Blumen Europas‹ oder so ähnlich, weil Linz Kulturhauptstadt ist. Und wenn ich mich recht erinnere, ist doch die Kornblume jene von Estland und die Margerite die aus Lettland. Und selbst, wenn sie nun, Ende Oktober, nicht mehr blühen, wir benötigen ja nur die Blätter.«

Noch ehe die anderen etwas sagen konnten, war sie verschwunden.

Nach etwa dreißig Minuten stürmte eine strahlende Irene in das Geschäft, erschien einem Sonnenstrahl gleich die blonde, junge Dame mit ein paar Blumen in der Hand: »Ich musste sie heimlich pflücken – hoffentlich macht das nicht jeder, denn sonst ist bald alles kahl im Botanischen Garten!«

Der Apotheker nahm die Pflanzen, zog sich in sein Labor zurück und forderte das Quartett auf, in einer Stunde wiederzukommen.

Die vier schlenderten über den Hauptplatz, entdeckten eine silberne Hütte, die offensichtlich erst kürzlich aufgestellt worden war, und steuerten sie an. Einige ungewöhnliche Attraktionen lockten hier – man konnte gegen einen Menschen in Wien Seil ziehen, man sah einander über Bildschirm und ein Computer stellte fest, an welchem Seilende mehr Kraft ausgeübt wurde. Weiters konnte man sich gemeinsam mit einem Paar aus New York fotografieren lassen, auch dies war nur mittels Computertechnik möglich.

Witwar probierte das Seilziehen und verlor, was er schon ahnte, als er im Bildschirm die durchtrainierte Figur seines Gegners erblickte. Irene überredete Markus, dass sie sich mit einem Paar aus den USA gemeinsam fotografieren ließen. Krifer, der das als stiller Beobachter miterlebte, staunte über die vielen Attraktionen, die ›Linz 09‹ zu bieten hatte.

Die Zeit verging wie im Fluge, erwartungsvoll gingen sie, ja eilten sie zurück zur Apotheke, als sie plötzlich Christian Schermayr sahen. Der Major grüßte kurz: »Grüß Gott und Auf Wiedersehen, wir müssen dringend zur Apotheke!«

»Kennen Sie den Unterschied zwischen einem Apotheker und einem Bergsteiger?«

Ohne eine Antwort abzuwarten, erklärte Christian: »Der Apotheker hat ein Heilserum und der Bergsteiger hat ein Seil herum, gut, gell?«

»Ja, lustig, aber jetzt entschuldigen Sie uns bitte, vielleicht sehen wir einander ja heute Abend im Hotel! Und wenn Sie Frau Winter sehen, richten Sie ihr bitte aus, das Gemälde, für das sie sich interessiert, der angebliche Kubin, ist eine Fälschung!«

Zwei Minuten später überreichte ihnen der Apotheker die gewünschte Mixtur. Sie zahlten und eilten in Markus Labor, um die Zeitreise durchzuführen.

Diesmal wollte Irene mitreisen, denn Bracha würde ihr am meisten vertrauen. Doch letztlich entschieden sie sich wieder für Krifer und Witwar, da nur zwei Reiseanzüge zur Verfügung standen. Krifer konnte als Arzt die Gesamtsituation am besten erklären und Witwar für den Fall, dass es Schwierigkeiten mit der Polizei gab.

Markus Höfler erklärte noch die Rückreise: »Ich schicke euch zum 20. Oktober, Abend, ein paar Stunden vor Brachas Selbstmord. Diesmal sende ich euch keine Zeitmaschine nach, denn, ich muss euch ehrlich sagen, das wird langsam ein teures Vergnügen. Meine gesamten Subventionsgelder sind bisher draufgegangen, eine Maschine befindet sich im Jahr 1913, eine im Jahr 2061, eine muss ich in die Bronzezeit zurückschicken, in der mein Freund Arnold versehentlich gelandet ist, eine habe ich hier. Daher werden wir das so wie letztens besprochen durchführen: Nachdem ihr Herrn Bracha das Medikament verabreicht habt, geht ihr unmittelbar in mein Labor und bittet mich, euch wieder in die Zukunft zu schicken, genau genommen, zum 24. Oktober 2009.«

»Das klingt alles logisch und vernünftig, andererseits warum sollte dein damaliges Ich das tun, es weiß ja nicht, dass wir zurückgereist sind!«, überlegte Witwar.

»Lasst mich ausreden! Die Beweise sind: Ihr wisst von der Zeitmaschine, ihr habt die Reiseanzüge, und weil mir das aber zu wenig sein wird, erzählt ihr mir noch folgende Fakten, die niemand außer mir wissen kann: Als ich sieben Jahre alt war habe ich die

Hausübungshefte von meiner Schulkollegin Andrea angezündet. Sie hat sie tagelang gesucht, ich wurde nie erwischt. Als ich 15 Jahre alt war, war ich mit meiner Schulklasse auf Wienwoche und ging nachts heimlich in der Dunklergasse in Wien Meidling zu einer billigen Prostituierten. Und als ich zwanzig war, habe ich auf kleinen Landfriedhöfen in der Nacht Totenköpfe gestohlen und sie an Medizinstudenten verkauft. Die wollten nämlich alle zum Angeben einen Totenkopf auf ihrem Schreibtisch haben, und der Spaß war ihnen 1.000 Schilling wert!«

»Gut, also das Letzte ist nicht wirklich ein Beweis, da ich ja von einem Käufer davon erfahren haben könnte. Aber die anderen beiden Begebenheiten sind überzeugend.«

Irene meinte nur leise: »Hört, hört, ist ja interessant, was mein Herr Bruder so getrieben hat. Und gibt es vielleicht auch eine Erklärung dafür, dass ich als Kleinkind immer das Gefühl hatte, aus meinem Sparschwein verschwindet Geld?«

»Auf etwas muss ich euch noch hinweisen!«, schloss Markus ab, »im Gegensatz zu euren bisherigen Reisen gibt es euch dann zwei Mal, da ihr ja vor ein paar Tagen bereist gelebt und euch sogar in der Nähe des Hotels herumgetrieben habt. Achtet darauf, dass ihr nicht selbst mit euch in Kontakt kommt, sonst würde das sehr große Verwirrung stiften.«

»Etwas Unwichtiges noch«, beeilte sich Irene, »habt ihr erfahren, ob dein Freund 100 Jahre alt wurde, Franz?«

»Nun, ein Polizeimajor sprach von einem hundertjährigen Michael, ob das mein Freund ist, wissen wir nicht, und vielleicht ist das auch besser so.«

In der Zwischenzeit war es für alle schon ein gewohntes Procedere: Die beiden Männer zogen die Reiseanzüge über, stellten sich vor die Maschine und verschwanden in einem Blitz.

34

»Wohin hat uns Markus geschickt?«, fragte Krifer verwirrt und sah sich um. »Ich dachte, er sendet uns gleich ins Hotel, aber diese dunklen Räume mit dem diffusen Licht und den roten Samtvorhängen, was soll das sein?«

Witwar klärte ihn auf: »Das ist das Bordell ›Horny Cat‹, ich kenne es, rein dienstlich natürlich, weil wir hier einmal einen Polizeieinsatz hatten!«

»Aha, rein dienstlich, und das soll ich dir glauben?«

»Ja, obwohl du als Psychiater dich hier mal umschauen solltest. Die Männer können sich hier nämlich auch aussprechen, so wie in deiner Ordination, und die Damen sind so lebenserfahren, dass sie mit manchem guten Tipp dienen können. Während ihr Psychiater aber eure Patienten von euch abhängig macht, sie schwächt und nach den Therapiestunden süchtig macht, damit ihr von den Honoraren eure Reisen, den Golfklub und so weiter finanzieren könnt, geben die hier arbeitenden Frauen klare, lebenspraktische Empfehlungen über Ehe, Familie, Beruf. Zusätzlich bekommt man noch körperliche Entspannung!«

»Nun, dafür macht die körperliche Entspannung vielleicht süchtig. Letztlich leben viele davon, dass Menschen süchtig sind, nicht nur Drogendealer und Prostituierte, auch die Fast-Food-Ketten, die Computerspielhersteller, die Spielautomatenaufsteller, und, und, und! Aber jetzt schnell raus hier, bevor wir auffallen.«

Flotten Schrittes verließen die beiden das Etablissement, nickten der Dame am Eingang noch freundlich zu und verschwanden im frühabendlichen Linz und verloren sich in der Menge von Passanten.

Sie gingen zielstrebig in Richtung Hotel, wo um diese Zeit die Literatengruppe beim Abendessen saß, angeregt plaudernd dinierte. Durch ein straßenseitiges Fenster des Speisesaals konnten sie die ganze Gruppe sehen. Alex Wolf, der mit vollem Mund sprechend, seinen Blick auf die hübsche Roswitha fixierte, Christian Schermayr, still vor sich hinlachend, Karin Winter aufmerksam zuhörend. Bis sie Elisabeth Riedl erblickten und abermals über die ungeheure Ähnlichkeit mit ihrer Enkelin verblüfft waren.

Der Major deutete auf den in der Ecke sitzenden, ganz in sich gekehrten Bracha und meinte »Noch lebt er! Und damit das so bleibt, sind wir hier. Wäre doch zu blöd, wenn wir all die Strapazen auf uns genommen hätten, in die Vergangenheit gereist wären, in der Zukunft einen Mord geklärt hätten und schließlich bei der eigentlichen Mission versagten. Wir werden in sein Zimmer gehen und dort auf ihn warten.«

Der Major ging auf Krifers Fragen bezüglich der Legalität einer solchen Aktion nicht ein, sondern richtete seine Schritte energisch Richtung Rezeption, ließ einen erfahrenen Blick über Tisch und offene Kästen gleiten und meinte, schließlich seinen Ausweis zeigend, zur Empfangsdame.

»Guten Abend, Polizei! Wir haben eine Anzeige erhalten, dass sich am Portal Ihres Hotels ausländerfeindliche Graffitis befinden, können aber keine entdecken. Wissen Sie etwas darüber?«

»Nein, also heute Morgen bei meinem Dienstbeginn ist mir auch nichts aufgefallen!«, antwortete die erstaunte Rezeptionistin.

»Begleiten Sie bitte meinen Kollegen nach draußen und sehen mit ihm gemeinsam nach!«

»Selbstverständlich!«

Während die junge Frau im Geleit von Krifer nach draußen eilte, die Hotelangestellte die Hotelmauer überprüfen wollte, reichte der baumgroße Major über den Tresen und schnappte sich aus der offenen Lade den Universalschlüssel, der dem Anhänger nach offensichtlich einer der Putzfrauen gehörte.

Dann eilte er der jungen Frau nach, gesellte sich zu ihr und seinem Kollegen. Da keinerlei Bilder oder Schriftzüge illegal angebracht worden und zu finden waren, entschuldigte er sich schließlich und die beiden Männer entfernten sich.

Durch einen Seiteneingang des Hotels, durch einen von der Rezeption aus nicht einsehbares Nebenportal betraten sie das Gebäude wieder, eilten in den zweiten Stock und verschwanden ohne weitere Probleme in Brachas Zimmer.

Der Major blickte in den Kühlschrank und sah, was er erwartet hatte. Er forderte Krifer auf, einen Blick auf die gefrorene Form, auf die tiefgekühlte Halterung für das Messer zu werfen und sagte: »Wir hatten also Recht, Selbstmord, und genau so, wie wir vermutet hatten.«

Sie drehten das Licht ab und warteten. Krifer prüfte nochmals, ob er die Medizin bei sich trug, ob die Flasche unbeschädigt war, er eine saubere Injektion eingesteckt hatte. Die Minuten schienen endlos zu dauern. Krifer erinnerte sich an ein Seminar, das er während seines Studiums an der Universität in Wien besucht hatte, es ging um Ethik in der angewandten Psychologie, an den Titel der Lehrveranstaltung erinnerte er sich nicht mehr. Er wusste noch, dass er um 17.40 Uhr auf die Uhr sah, und als er etwa eine halbe Stunde später wieder auf die Uhr blickte, war es 17.45 Uhr. Subjektives Zeitempfinden, ja – wären sie im Bordell geblieben, würde die Stunden sicher schneller vergehen.

So saßen die beiden Männer schweigend auf den beiden Fauteuils im Zimmer und hingen ihren Gedanken nach, als sie einen Schlüssel im Türschloss hörten.

Bracha betrat das Zimmer, zuerst offensichtlich verwundert, dass er vergessen hatte, zuzusperren, ausgerechnet er hatte das Zimmer unversperrt zurückgelassen. Erschrocken blieb er stehen, als er die beiden fremden Männer sah.

»Haben Sie sich im Zimmer geirrt, werte Herren?«, begann Bracha mit distanzierter Höflichkeit.

»Mein Name ist Witwar, Major Gerald Witwar von der hiesigen

Kriminalpolizei und dies ist Doktor Franz Krifer, seines Zeichens Psychiater. Wir sind hier im Auftrag von Irene Höfler.«

Beim Vernehmen dieses Namens, beim Hören des geliebten Vornamens, erschien ein Lächeln, etwas unsicher, aber eindeutig eine gewisse Fröhlichkeit im Gesicht des depressiven Mannes.

»Oh, und worum geht es?«

»Herr Bracha, wir wissen, dass Sie vorhaben, sich heute Nacht hier im Hotel das Leben zu nehmen!«

Der Major hielt inne, um seinen Worten die notwendige Bedeutung zukommen zu lassen. Er beobachtete, wie Bracha unsicher wurde, wie sich Falten auf der Stirn des Selbstmordkandidaten bildeten.

»Wir wissen, dass Sie eine hohe Lebensversicherung zu Gunsten des Sterntalerhofes abgeschlossen haben, die allerdings bei Selbstmord nicht ausbezahlt wird. Deswegen haben Sie ein geniales Konzept ersonnen, um einen Mord vorzutäuschen.«

Witwar deutete auf den Kühlschrank. »Hier drin befindet sich eine Vorrichtung, die Ihnen hilft, sich selbst einen Messerstich in den Rücken zu verabreichen, eine Unmöglichkeit bei einem richtigen Selbstmord. Das Hilfsmittel wird schmelzen, und alle werden an Mord glauben.«

Bracha setzte sich kraftlos auf sein Bett: »Ja, Sie haben Recht! Aber woher wissen Sie das alles?«

Die Männer schwiegen, zu schwierig, ja direkt unmöglich war es, Bracha über alle Details aufzuklären. Durfte er doch von der Zeitmaschine nichts erfahren, und nebenbei hatten Krifer und Witwar auch keine Lust, viel Energie zu verschwenden, eine riesige Anstrengung auf sich zu nehmen, um so etwas Unwahrscheinliches so lange zu erklären, bis ihnen endlich geglaubt würde.

»Ich möchte Sie jetzt noch fragen«, setzte der Major fort, »warum wollen Sie aus dem Leben scheiden?«

»Nun, da Sie ohnedies fast alles wissen, kann ich es ja sagen. Sie werden dann verstehen, dass mir keine andere Möglichkeit bleibt. Meine Familie leidet seit Generationen unter einer erblichen Geisteskrankheit. Es war bis jetzt nicht möglich, sie genau zu diagnostizieren, vermutlich handelt es sich um Veitstanz. Ich merke bei mir bereits die ersten Anzeichen und möchte erstens nicht so enden und zweitens niemandem zur Last fallen.«

»Aber Sie haben doch hier ein Rendezvous mit der bezaubernden Irene Höfler?«

»Ja, aber ich werde sie nicht treffen. Ich habe mir überlegt, dass es für uns beide leichter sein wird, wenn wir einander nicht persönlich kennen. Über Computer, Webcam, Skype ist das etwas anderes.«

Krifer schaltete sich ein: »Auf Wunsch von Frau Höfler habe ich die Akten Ihrer Vorfahren studiert und bin zu dem eindeutigen Schluss gekommen, dass es sich hier um Corea Huntington handelt, nicht um Veitstanz.«

»Ja, mag sein. Ich habe von dieser Krankheit gehört. Aber ich weiß auch, dass Corea Huntington unheilbar ist. Also, danke für Ihre Unterstützung, lassen Sie mich jetzt mein Werk tun, obwohl – äh, Sie werden doch niemandem von der Tatsache des Selbstmordes erzählen. Ich möchte unbedingt, dass der Sterntalerhof die Versicherungssumme erhält, der Versicherung tut es nicht weh, und ich habe noch etwas Gutes in meinem Leben getan.«

»Das ist nicht nötig, Herr Bracha!«, beruhigte Krifer. »Wir haben ein Gegenmittel. Es ist einmalig, wir haben genau eine Injektion. Wir können damit keinen Handel beginnen, keine anderen Patienten heilen, nur einen einzigen, und das sind Sie!«

Bracha zögerte, er war unsicher, ob er den beiden trauen konnte. Sie sahen ehrlich aus, aber was hieß das schon. Er dachte an die Priester in seinem Dorf, als er noch ein Kind war, und die den sterbenden, alleinstehenden Alten den Himmel versprachen, wenn sie die Kirche als Universalerbe einsetzten. Andererseits hatte er nichts zu verlieren. Sollte er an der Injektion sterben, wunderbar, dann war es offensichtlich kein Selbstmord und der Sterntalerhof würde erben, und sollte er geheilt werden, auch gut, dann würde er Irene kennen lernen und alles würde gut werden. Die Möglichkeit, dass er nur betäubt und ausgeraubt werden sollte, schloss er aus.

Schließlich stimmte Bracha zu, und Krifer verabreichte ihm fachgerecht die Injektion.

Witwar ging noch rasch zum Kühlschrank, nahm die vorbereitete Messerhalterung und hielt sie im Badezimmer so lange unter den heißen Wasserstrahl, bis sie zerschmolzen war.

Im Gehen erklärte Krifer: »Sie sind geheilt, Sie werden sehen, Sie haben keinen Anfall mehr!«

Insgeheim hoffte Krifer, dass er Recht hatte, schließlich hatten sie ja noch keine Erfahrung mit dieser Arznei. Hoffentlich wirkte sie zu hundert Prozent, hoffentlich hatte der Arzt in der Zukunft das richtige Rezept aufgeschrieben, hoffentlich hatte der Apotheker die Mischung genau eingehalten, schließlich hatte er sie zum ersten Mal hergestellt. Viele Unsicherheitspunkte, aber vor allem galt es, den Patienten zu überzeugen, ihn sicher zu machen, ihm ein schönes, lebenswertes, langes Dasein in Aussicht zu stellen.

Bevor sie gingen, bat der Major noch um das Taschenmesser und fragte, warum Bracha denn die Initialen von Herrn Schermayr rausgekratzt hätte.

»Natürlich, um dem Kollegen keine Schwierigkeiten zu bereiten, aber das Messer war durch seinen dicken Knauf einfach ideal für mein Vorhaben.«

Vor Brachas Zimmer meinte der Major, »Jetzt sollten wir eigentlich noch bei Roswitha Wache halten, damit sie nicht ermordet wird. Wenn wir schon da sind, könnten wir ein Leben retten.«

»Ja«, bemerkte Krifer etwas sarkastisch. »Wir verhindern den Mord an Roswitha, und der Mörder bringt dann jemanden anderen um. Ich denke, wir haben die Welt schon genug verändert. Auf zu Markus Höfler, dass er uns wieder in die Gegenwart schickt. Aber vorher gehen wir noch auf einen Sprung ins Casino. Es ist jetzt kurz nach elf Uhr abends, und ich habe so ein Gespür, auf welche Zahlen man heute setzen muss.«

Bracha saß noch lange still da, dachte nach über Vergangenheit und Zukunft, wusste nicht, ob er hoffen dürfte, freute sich jedenfalls, dass er am nächsten Tag Irene treffen würde.

Viel später verließ er das Hotelzimmer, um sich in der Bar noch ein Getränk zu holen, er hatte Lust auf einen Gin Fizz, natürlich mit Sodawasser. Er verstand nicht, dass Engländer ihn mit Leitungswasser zu sich nahmen. Als er den Gang zum Stiegenhaus hin entlangschritt, sah er einen Herren Roswithas Zimmer betreten. Er kannte ihn nicht, achtete aber auch nicht weiter drauf.

Als er schließlich mit dem Long Drink zurückkehrte, höre er laute Geräusche aus besagtem Appartement. Er klopfte und fragte durch die geschlossene Tür, ob alles in Ordnung wäre. Als er weiterhin nur undefinierbare Geräusche wahrnahm, überwand er seine Höflichkeit, stellte seine gute Erziehung, die ihn zur Zurückhaltung verpflichtete, kurz ins Abseits und öffnete unaufgefordert die Türe.

Mit Unverständnis, mit einer Mischung aus Schrecken und Staunen sah er, wie Roswitha am Boden lag und ein Mann mittleren Alters mit erhobener Klinge drauf und dran war, sie zu verletzen.

»Halt! Aufhören! Sind Sie wahnsinnig?«, schrie er den Mann an.

Durch die tiefe, laute Stimme Brachas erschreckt, ließ der Fremde von Roswitha ab, verschonte er für den Moment sein Opfer und sprang auf Bracha zu. Mehrmals rammte er ihm die Klinge in den Leib, bis dieser blutend zusammenbrach und reglos am Boden lag.

»Herbert, du hast ihn umgebracht! Du Mörder!«, schrie Roswitha.

Herbert Kaiser stand verwirrt im Zimmer. Wie ein gehetztes Tier blickte er ängstlich herum. Dann flüchtete er aus dem Zimmer.

Roswitha, immer noch unter Schock, holte das Handy und wählte 122, die Notrufnummer der Polizei.

35

Gerald Witwar und Franz Krifer fragten Markus Höfler, ob jetzt alles in Ordnung sei, sie hätten den Selbstmord verhindert, ihre Mission endlich erfüllt und freuten sich, wieder in der Gegenwart zu sein.

Statt einer Antwort zeigte ihnen der Wissenschafter die Schlagzeile der Tageszeitung: »Mordversuch im Hotel«. In dem Artikel wurde lang und breit erklärt, dass ein gewisser Herr Bracha das Leben der geschiedenen Reiseleiterin Roswitha Kaiser gerettet hatte und dafür vom Attentäter selbst schwer verletzt wurde, aber außer Lebensgefahr war. Der Verbrecher war in Haft und geständig. Rätselhaft bliebe aber das Verschwinden von 12.000 Euro aus dem Zimmer Roswithas, da das Geld bei dem Verhafteten nicht gefunden worden sei.

»Also haben wir doch die Gegenwart verändert, und zwar mehr als beabsichtigt«, stellte Krifer fest. »Wir wollten ein Leben retten und haben schließlich zwei gerettet, und der Mörder, der letztlich keiner geworden ist, ist trotzdem in Haft.«

»Ja!«, ergänzte der Major. »Er wird wegen versuchten Totschlages für einige Jahre hinter schwedische Gardinen müssen. Und das alles nur aus Eifersucht, aus gekränkter Liebe! Dabei war von Anfang an ziemlich klar, dass er es war. Denn ihr erinnert euch, er erwähnte beim ersten Verhör, dass Roswitha durch einen Stich in den Solarplexus getötet wurde. Das konnte aber nur der Mörder wissen.«

»Zwei Dinge würden mich jetzt noch interessieren«, unterbrach eine glückliche Irene, die gerade dabei war, die Wohnung zu verlassen, um sich mit Bracha zu treffen. »Wieso schrieb Roswitha ein ›T‹ auf den Boden und wo ist das Geld?«

»Das ›T‹ kann ich leicht erklären!«, antwortete der Major. »Sie begann, ein ›H‹ für den Vornamen ihres Exmannes zu schreiben, und wurde vom Zimmermädchen beim Türöffnen verschoben, so dass man meinte, es sei ein ›T‹, dabei war es der linke Teil eines ›H‹. Und das Geld, ja, das werden wir heute Abend klären. Morgen reisen die Pen-Leute ja ab, da das Festival heute zu Ende geht.«

Als Irene die Türe geschlossen hatte, erklärte Markus, dass er jetzt seinem Freund Arnold eine Zeitmaschine hinterherschicken müsste.

»Das ist jetzt wirklich das letzte Modell, das ich herstelle, danach wollte ich eigentlich selbst in die Zukunft reisen, aber das ist mir nach euren Berichten jetzt zu ungewiss. So werde ich zufrieden sein, dass ich die Leistung erbracht habe, so eine Maschine zu entwickeln, und werde das letzte Exemplar zerstören. Wozu sollte man sie brauchen, die Vergangenheit ist nicht erlaubt wegen unvorhergesehener Veränderung für die Gegenwart, die Zukunft ist durch die Verstrahlung bedenklich und nach unserer heutigen Auffassung nicht lebenswert.«

Nach diesem kurzen Monolog sandte er eine Maschine mit genauer Betriebsanleitung zu den Zeitkoordinaten, die sein Freund Arnold vor einigen Tagen beim Rumspielen eingestellt hatte.

Kurze Zeit später erschien sein Freund im Labor: »Danke vielmals, Markus, du glaubst gar nicht, was ich alles erlebt habe, bis ich deine Maschine zufällig entdeckte.«

»Aber ich habe sie genau an deine Landekoordinaten geschickt!«

»Das mag sein, aber ich habe sie erst nach drei Tagen gefunden!«

Dann schilderte Arnold seine Erlebnisse: »Als ich ankam, war ich zunächst sehr verwundert, kein Haus weit und breit, nur nach unseren Begriffen einfachste Behausungen, Steppe und Wälder. Als ich etwas herumging, traf ich auf Menschen. Anhand ihrer

Kleidung war mir sofort klar, dass mich deine Zeitmaschine sehr weit in die Vergangenheit katapultiert hat, ich schätze, dass es die Bronzezeit war. Anhand der Hügelformationen, Pöstlingberg, Freinberg, Bauernberg und der Steine, die ich hier sah, sowie der Flussläufe von Donau und Traun war ich sicher, dass ich in Linz gelandet war, das heißt, in dem Gebiet, das in Tausenden von Jahren einmal Linz heißen wird. Die Bevölkerung der Siedlung nahm mich freundlich auf, offerierte mir diverse Speisen, ich hielt mich aber an Obst, das ich kannte, und Ziegenmilch. Als wir gemeinsam auf die Jagd gingen, fiel mir auf, dass die Männer alle viel schneller liefen als ich und auch wesentlich stärker waren. Die Ursache war offensichtlich, denn immer vor der Jagd aßen die Männer Eier eines bestimmten Vogels, sie nannten ihn ›Dodo‹! Als ich ebenfalls so ein Ei aß, merkte ich, dass ich körperlich mit ihnen mithalten konnte. Als ein Mann bei der Jagd von einem wilden, büffelartigen Tier verletzt wurde und schließlich starb, begruben sie ihn auf einer Wiese in der Gegend, in der sich heute etwa die Voest befinden muss.«

Gebannt lauschten Markus, Gerald und Franz den Schilderungen des Sportlers.

»Am ersten Tag bereits bemerkte ich, als ich einen Stab zur Orientierung in die Erde steckte, dass an dieser Stelle eine dunkle Flüssigkeit im Boden war, offensichtlich Erdöl. Als ich am Abend meines zweiten Tages gemeinsam mit einer Gruppe Frauen unterwegs war, um Beeren zu sammeln, sah ich plötzlich in einiger Entfernung eine Staubwolke. Die Frauen kreischten auf und wollten davonlaufen. Ich hielt sie auf, gab ihnen Stöcke und zeigte ihnen, dass sie Löcher in die Erde bohren sollten, bis das Erdöl herausspritzte. Als die Schar von Ungeheuern, wenn ich sie mal so nennen darf, und dieses Wort ist wirklich passend, nahe genug war, deutete ich den Frauen, sich hinter einem kleinen Hügel in Sicherheit zu bringen, während ich mit meinen Zippo-Feuerzeug ein Bündel Reisig in Brand steckte, ebenfalls hinter den Hügel ging und das brennende Holz zum Erdöl warf, das mit einer gewaltigen Explosion detonierte. Die Frauen schrien auf, aber die Tiere waren offensichtlich tot, das Feuer loderte noch die ganze Nacht, und auch als ich am nächsten Tag endlich deine Maschine entdeckte, Markus, sah ich die Flammen immer noch. Ja, und dank deiner Hinweise, wie die Maschine einzustellen war, und der Hilfe eines Kindes, das ich bat, auf den richtigen Knopf zu drücken, bin ich jetzt hier. Ich hoffe, das Kind hat keinen Schock, denn Ihren Beruf gibt es ja in der damaligen Zeit noch nicht, Doktor Krifer.«

Nach einer kurzen Pause wechselte Franz das Thema: »Was mich jetzt noch einmal interessiert, was mir vielleicht Markus als Wissenschafter nochmals erklären könnte, ist Folgendes: Wenn wir eine Erinnerung an Roswithas Mord besitzen, haben dann nicht alle anderen Menschen, zumindest alle, die die Lokalzeitungen gelesen haben, ebenfalls eine Erinnerung daran?«

»Ich vermute, nein, denn du musst so denken, wir haben eine Erinnerung, weil wir unmittelbar damit konfrontiert waren, die Zeitungsleser haben ja diese Zeitung nie in die Hände bekommen, sondern das bereits veränderte Exemplar!«

»Und was ist mit den Menschen im Hotel, den Leuten von Pen-Klub?«

»Die Leiche gesehen hat ja niemand, und so werden sie glauben, dass das Ganze eine Fehlmeldung war, dass gar niemand gestorben ist, sondern nur ein Mann verletzt wurde.«

»Eine Sache müssen wir noch klären«, beendete der Major die Diskussion. »Wer hat bei Roswitha die 12.000 Euro gestohlen, die sie für einen Möbelkauf abgehoben hatte? Dafür werden wir heute Abend alle Mitglieder des Pen-Klubs in den kleinen Seminarraum des Hotels bitten, und wir selbst werden sie über Video beobachten.«

»Und wozu das?«, wollte Irene wissen, aber der Major verriet seine Idee noch nicht.

36

Abends versammelten sich die Schriftsteller in dem für Konferenzen vorgesehenen Zimmer des Hotels und blickten auf eine Leinwand, die mittels eines Beamers das Bild eines Computer-Monitors zeigte. Kommissar Witwar hatte seine Kollegin Agnes Mangery gebeten, bei der Gruppe zu bleiben. Auf einem kleinen Ecktisch lag ein seltsam aussehender Gegenstand, dem allerdings keiner weitere Beachtung schenkte. Die Videokamera schien allerdings schlecht eingestellt worden zu sein, denn sie war nicht auf die anwesenden Personen, sondern auf den Ecktisch gerichtet.

Die Gruppe unterhielt sich bestens, als sie durch das Erscheinen des Majors auf der Leinwand unterbrochen wurde: »Guten Abend, sehr geehrte Damen und Herren, verzeihen Sie bitte, dass ich nicht bei Ihnen bin, doch ich sitze hier ein paar Zimmer weiter und habe neben mir eine Tonmodulations-Komparisationsmaschine. Wie Sie wissen, ist bei dem Attentat an Frau Roswitha nicht nur Herr Bracha verletzt worden, sondern es fehlten am nächsten Morgen auch 12.000 Euro. Ich ersuche Sie jetzt, immer wenn ich einen von Ihnen aufrufe, dass er zum Mikrophon geht und die Worte ›Auf Wiedersehen‹ sagt und dann das Zimmer verlässt.«

Diese Anweisung schien die Frauen und Männer zu belustigen, konnten sie sich doch nicht vorstellen, dass der Dieb nach seiner Tat »Auf Wiedersehen« gesagt haben könnte.

Der Reihe nach wurden die Namen der einzelnen Mitglieder des Pen-Klubs genannt, beginnend mit Alex Wolf, über Karin Winter, Christian Schermayr und so weiter. Schließlich war nur noch Elisabeth Riedl mit Inspektor Mangery im Raum.

»Sehen Sie!«, meinte da der Major zu seinen Freunden, die bei ihm im Raum waren. »Der Apfel fällt nicht weit vom Stamm! So sagt man doch. Die Elisabeth Riedl in der Zukunft war eine Verbrecherin, und hier ist es ebenfalls Elisabeth Riedl, wenn auch keine Mörderin, so eben eine Diebin. Mir fiel nämlich ein, dass bei Roswitha ein großer Kristall im Raum war, und jeder, der diesen Raum betrat, war seiner Strahlung ausgesetzt. Wie sich Franz sicher erinnert, haben wir aus der Zukunft ein Kristallmessgerät, das wir geschenkt bekamen, mitgebracht, das ich auf die Schwingungen dieses Kristalls eingestellt habe, und das Gerät leuchtet dort in der Ecke, was bedeutet, dass die Schwingungen noch im Raum sind. Alle Menschen haben das Zimmer verlassen, außer Elisabeth Riedl, und daher muss auch sie diesem Kristall ausgesetzt gewesen sein. Wir waren ja sicherheitshalber nicht in diesem Zimmer. Das gilt natürlich nicht als Beweis vor Gericht, aber wir werden sie im Verhör schon weich kriegen, jetzt, wo wir wissen, wer der Dieb ist.«

Die anderen staunten nicht schlecht über den Einfallsreichtum des Majors.

»Agnes, komm bitte zu mir, drei Zimmer weiter auf der rechten Seite!«, forderte dieser jetzt seine Kollegin auf.

Er wollte seinen Computer abdrehen, für ihn war der Fall erledigt, als Irene plötzlich aufschrie: »Schau, Gerald, das Licht ist aus.«

Wirklich war das Licht am Messgerät ausgegangen, dunkel lag es am Ecktisch.

Als Agnes das Zimmer betrat, reichte der Major ihr eine Bibel, die in dem Zimmer lag, und ersuchte sie, diese Frau Riedl auszuhändigen. Gebannt, den Atem anhaltend, beobachteten die vier Freunde den Bildschirm, während Agnes Mangery den Raum betrat. Waren die Batterien am Ende oder würde das Licht jetzt wieder leuchten? Entsetzt sahen sie das Aufglühen der kleinen, roten Lämpchen.

Der Major bedankte sich bei Frau Riedl für ihr Kommen und forderte sie auf, den Raum zu verlassen, dann ging er zu seiner

Mitarbeiterin, bewusst den Computer eingeschaltet lassend, damit seine Freunde alles mitverfolgen konnten.

Ohne jede Einleitung, ohne Vorwarnung kam er direkt zur Sache: »Warum hast du das Geld gestohlen, Agnes?«

Agnes wollte sich verteidigen, merkte aber an der Festigkeit in Witwars Stimme, hörte aus der Sicherheit im Ton ihres Kollegen, dass sie überführt war: »Es war dumm, aber ich wollte das Geld für einen Urlaub in Las Vegas.«

»Ja, es war dumm, das Einzige, was ich dir anbieten kann, ist, dass du deinen Dienst bei der Polizei kündigst, dann entgehst du der Bestrafung. Du gibst das Geld zurück und wirst nicht angezeigt. Ein Skandal würde dem Ruf der Exekutive zu sehr schaden.«

Agnes Mangery war einverstanden.

Der Major näherte sich Roswitha, die gerade ganz hingerissen den süßen Worten Alex Wolfs lauschte, die mit großen Augen und halb geöffnetem Mund vor lauter Verliebtheit dahinzuschmelzen schien. Witwar räusperte sich und erklärte, dass es sich bei dem Gelddiebstahl um einen Irrtum handelte, ein Zimmermädchen hatte es gerade gefunden, es war hinter das Nachtkästchen gerutscht. Nein, sie will keine Belohnung, sie meint, sie hätte ja nichts Spezielles geleistet. Roswitha nahm kaum wahr, was der Major ihr mitteilte, nickte, dankte nebenbei und konzentrierte sich wieder auf ihre neueste Eroberung.

Als sie beim Verlassen des Hotels nochmals Frau Riedl begegneten, war es dem Major ein Bedürfnis, ihr einiges mitzuteilen.

»Liebe Frau Riedl, wussten Sie, dass wir Sie in Verdacht hatten und zwar vor allem, weil Sie diese komischen Brieflein mit der Morddrohung verteilten?«

Elisabeth Riedl wusste nicht, was sie sagen, wie sie reagieren sollte, zu unerwartet kam diese Entlarvung. Sie konnte ja nicht wissen, dass es nur ein Versuch des Majors war, dass er von ihrer Enkelin von ihrem Buch über Paradoxa erfahren hatte.

Witwar sprach weiter: »Ich könnte Sie jetzt wegen versuchter

Nötigung und Gewaltandrohung festnehmen, aber ich werde ein Auge zudrücken, wenn Sie mir schwören, dass Sie zu einer Darmkrebsvorsorgeuntersuchung gehen!«

Elisabeth Riedl war verwirrt wie noch nie in ihrem Leben. Was sollte dies nun wieder bedeuten? Aber um den gerichtlichen Konsequenzen zu entgehen, versprach sie alles.

Sie gelobte es und war erleichtert, so für ihre seltsame Aktion ungestraft davonzukommen.

37

Vier Wochen später, die Teilnehmer des Pen-Kongresses waren längst abgereist, waren die Freunde unterwegs zum Alten Dom, in dem Irene Höfler eine Frau Bracha werden sollte. Markus, der seine Schwester zum Altar bringen würde, ging Hand in Hand mit Irene. Gemeinsam mit Witwar, Krifer und Arnold bildeten sie eine Fünferreihe, die die gesamte Breite des Gehsteiges in der Domgasse ausfüllte. Ab und zu sprachen sie noch von ihren Erlebnissen, fielen ihnen noch Details ein, aber im Großen und Ganzen unterhielten sie sich mehr über aktuelle Fragen der Politik.

Plötzlich rief der Major freudig erstaunt auf: »Oh, Frau Landauer, wir haben einander ja lange nicht mehr gesehen! Es ist aber zwischenzeitlich auch so viel passiert. Was ist denn jetzt mit dem Wasserpark, wie ist die Reaktion des Ölunternehmens auf Ihre Demonstration?«

»Hallo, Herr Witwar, also die Ölfirma hätte natürlich überhaupt nicht reagiert, Sie wissen ja, wenn irgendwo Geld verdient werden kann, ist die Lebensqualität anderer Menschen völlig egal. Aber Sie werden staunen, es befindet sich kein Öl dort. Es gibt zwar Anzeichen, dass vor ewig langer Zeit, so um die 4.000 Jahre, einmal ein Ölvorkommen dort gewesen sein muss, aber jetzt ist keines mehr da, daher bleibt dieses wunderbare Stück Natur erhalten.«

Die Freunde, vor allem Arnold, konnten sich ein Lächeln nicht verkneifen, wussten sie doch zu gut, dass das Öl durch Arnolds Ausflug in die Bronzezeit im wahrsten Sinne des Wortes explosionsartig verschwand. Landauer, durch die grinsenden Mienen, durch plötzliche Lustigkeit der Gruppe etwas irritiert, verabschiedete sich mit ein paar freundlichen Worten und ging ihres Weges.

Die Hochzeit verlief besinnlich, festlich, Pfarrer Igudesfra, ein emigrierter Russe, hielt eine gefühlvolle Rede, Maria Helen Bracha, eine Cousine des Bräutigams sang ein »Ave Maria« und das »Salve Regina«, ein Cousin des Bräutigams, der ein hervorragender Koch war, bereitete das Buffet zu, und alle fühlten sich wohl. Statt der üblichen Geschenke ersuchte das Brautpaar um Spenden für den Sterntalerhof, da ja die Versicherungssumme nicht ausgezahlt wurde, es war ja eine Ablebensversicherung und dank des Mutes und der Beharrlichkeit vierer Menschen lebte der Bräutigam noch.

Nur Markus schenkte dem jungen Paar etwas Besonderes, ein großes Grundstück in der Nähe von Linz.

»Ich habe es Herbert Kaiser abgekauft, er brauchte dringend Geld für seine Anwälte und um sein Geschäft vor dem Konkurs zu bewahren; deshalb bot er es mir zu einem Bagatellpreis an.«

»Ja, aber woher hattest du das Geld?«

»Nun, ich habe im Casino gewonnen, da kam doch tatsächlich sieben Mal hintereinander die gleiche Zahl, nämlich die Zwanzig, und ich habe immer das erlaubte Maximum auf diese Zahl gesetzt, natürlich bei einem angeschlossenen Automaten, damit ich den Ablauf durch überflüssige Handlungen des Croupiers nicht störe! Ich selbst habe mir vom Gewinn nichts behalten, denn mir geht es doch ohnehin gut und das Grundstück hat vor langer Zeit mal den Vorfahren deines Mannes gehört.«

In einem ruhigen Moment näherten sich Witwar, Höfler und Krifer dem sonst den ganzen Abend über von Damenscharen umschwärmten Arnold, der vor ein paar Tagen ein internationales Leichtathletikmeeting gewonnen hatte.

»Wir gratulieren Arnold, schön, dass du gesiegt hast. Äh, was wir wissen wollten, ist, hast du eigentlich aus der Bronzezeit irgendetwas mitgenommen, wir meinen nicht irgendeine Waffe oder ein Werkzeug, für das jedes Museum vermutlich ein Vermögen zahlen würde, denn wir wissen, du bist nicht materiell eingestellt, aber na sagen wir, vielleicht ein Ei?«

Arnold grinste die Männer an und sagte: »Ich hole mir jetzt etwas zu trinken!«

Nach der Feier fuhren sie über die Dauphinestraße, wo der umfassend gebildete Bracha sich nicht zurückhalten konnte, zu erklären, dass hier vor langer Zeit schon mal eine Braut gereist war, die Straße nämlich im April 1770 von Maria Antoinette befahren wurde, als sie von Wien aus zu ihrer Hochzeit nach Frankreich ins Schloss Versailles unterwegs war, und dass sie extra zu diesem Zweck angelegt wurde, um die Reisezeit der Tochter Maria Theresias zu verkürzen.

»Oh, das ist interessant«, bemerkte Irene, »in dieser Zeit trugen die Damen ja ganz tolle Kleider, aufwändig, aber unglaublich schön und sicher hatte sie auch einen dieser typischen Hüte mit einer großen Feder!«